KB078487

곰룡 판타지 장편 소설
FANTASY FRONTIER SPIRIT

Lord of Groksus
그락서스의 군주

그락서스의 군주 5

곰룡 판타지 장편 소설

초판 1쇄 찍은 날 § 2014년 2월 7일
초판 1쇄 펴낸 날 § 2014년 2월 14일

지은이 § 곰룡
펴낸이 § 서경석

편집부장 § 권태완
편집책임 § 박가연
디자인 § 이거일

펴낸곳 § 도서출판 청어람
등록번호 § 제1081-1-89호
등록일자 § 1999. 5. 31
어람번호 § 제1-1776호

주소 § 경기도 부천시 원미구 심곡2동 163-2 서경B/D 3F (우) 420-822
전화 § 032-656-4452 팩스 § 032-656-4453
http://www.chungeoram.com
E-mail § chungeorambook@daum.net

ⓒ 곰룡, 2013

ISBN 978-89-251-3710-0 04810
ISBN 978-89-251-3549-6 (세트)

Lord of Groksus

그럭서스의 군주

5

곰룡 판타지 장편 소설
FANTASY FRONTIER SPIRIT

도서출판 청어람

CONTENTS

CHAPTER
1

체계적인 육성과 교육을 통해 길러낼 수 있는 인재.
천재들을 받쳐줄 수 있는 인재.
지도자가 될 수 있는 인재.

—A급 인재

두두두두두두두두!!

기수와 말, 혼연일체(渾然一體)가 된 인마가 수백 기를 넘어 천의 단위가 되었을 때, 또 그들이 대지를 박차며 달릴 때, 그것은 보는 이로 하여금 경외의 감정을 담게 한다.

그것은 그들의 주인에게 또한 예외가 아니다.

"굉장하군."

아이란이 순수한 감탄을 토해냈다.

꼭짓점을 기준으로 날카로운 창이 되어 돌진하는 그 형세는 그야말로 신이 내지르는 창과 같았다.

가히 산을 부수고 땅을 가르는 기세.

그 강대함에 아이란의 가슴속에서 전율이 흐를 정도다.

"맞습니다. 그야말로 대단하다고밖에 말을 못하겠습니다."

"일주일 정도밖에 되지 않았는데 이미 기마대는 훌륭히 하나가 되었군요."

아이란과 함께 망루 위에서 지켜보던 가신들의 감탄에 아이란은 고개를 끄덕였다.

검은 매 군단을 승인하고, 치안 유지와 경계 등을 제외한 모든 병력이 결집되어 합동 훈련을 하고 있는 중이다.

각 병과별로 이미 통합을 거쳤고, 어느 정도 이상의 성과를 보이고 있었다.

검은 매 군단이 아니더라도 해마다 합동 훈련을 몇 차례 진행한 보람이 있었다.

그때의 경험이 아교처럼 끈끈히 하나가 되는 것에 도움을 주었다.

"아! 선회합니다!"

제일 앞에 있는 깃발을 든 기수가 선회의 신호를 보냈다. 그러자 속도가 줄기 시작하며 회전하기 시작했다.

그 과정은 빠른 시간 내에 이루어졌으나 아이란은 살짝 아쉬웠다.

"역시, 좀 더 노력해야겠군."

선회의 과정이 깔끔하지 못했다.

통합된 지 이제 일주일, 잘하는 것은 잘하나 못하는 것은 못한다.

물론 지금의 기마대가 못하는 것은 아니었다.

잘하고 있다.

지금으로도 상급의 기마병이다. 그러나 그락서스는 예로부터 최상급의 기마병으로 이름을 날려온 곳.

지금의 상황은 검은 매들이 최상이라 칭하기 어려웠다.

"시간이 해결을 해줄 것입니다. 이제 일주일밖에 되지 않았습니다. 일주일 만에 이 만큼 진전된 것도 굉장한 것입니다."

칼의 말에 아이란도 동의했다.

"그렇지."

이 정도만으로도 굉장한 것이다.

"기마병은 이 정도면 되었고, 보병은 어떻지?"

어떠한 병과가 이름이 높든 간에 결국 군대의 주축은 보병.

보병이 핵심이다.

가장 많은 수를 자랑하며, 개량에 따라 가지각색으로 달라지는 병과.

그것은 수백 년 전부터 수백 년 후까지 달라지지 않을 것이다.

언젠가 말이 달리지 않는 시대가 온다 하더라도 보병은 남을 것이다.

막연한, 그러나 확신에 가까운 아이란의 생각이다.

"보병 역시 괜찮기는 합니다만, 아무래도 기마병과 비교하면 부족합니다."

보병의 종합 훈련은 내일로 잡혀 있었다. 그렇기에 아쉽지만 오늘은 볼 수 없었다.

"내일도 오도록 하지."

"예? 괜찮으시겠습니까? 성에서 업무가……."

"괜찮겠지, 칼?"

아이란의 스케줄을 모조리 꿰고 있는 비서와도 같은 집사장 칼이 고개를 끄덕였다.

"예, 괜찮을 것 같습니다."

"그렇다는군."

그에 발론 자작의 얼굴이 어두워졌다.

기마병을 자랑할 때만 해도 밝던 그의 얼굴은 보병의 상황을 그대로 보여주는 것 같았다.

"얼굴을 좀 펴라고, 자작."

"예? 아, 예."

"기사단은 괜찮겠지?"

"예. 모두 열심히 하는 터라 기사단은 마음 놓으셔도 됩니다."

"그래, 부탁하지."

발론 자작의 어깨를 두드리는 아이란.

사실 발론 자작의 마음은 그리 편하지 않았다.

기사단의 그랜드 마스터, 즉 단장인 발론 자작.

그러한 그가 총사령관이 되어 영지군의 지휘도 맡고 있었다.

그락서스 제일의 기사로서 무엇이 문제냐고 할 수 있지만······.

'일선에서 뛸 때 가장 큰 가치를 지닌 이를 탁자에 앉혀두고 있다.'

사령관 자리에서 전체적인 조율을 할 이가 부족하다.

발론 자작은 굳이 따지자면 지장보단 맹장이다.

맹장답게 직접 선봉에 서서 공격하도록 하는 것이 그를 가장 효율적으로 쓰는 일이다.

전체적인 대국은 지장이 맡아야 한다.

현재 발론 자작이 총사령관이 되었기에 총사령관의 입장이 우선이라 기사단 단장 자리에서는 소홀할 수밖에 없었다.

아니, 소홀한 것은 아니다. 그는 할 만큼 하고 있다.

총사령관 입장이 더 큰 문제라 그러할 뿐.

이러한 상황에 전쟁을 치른다 해도 문제이다.

기사단이 돌격할 땐 단장이 제일 앞에서 촉이 되어준다.

그러나 현재 기사단은 그 촉을 사용할 수 없었다.

오히려 총사령관의 입장에서 안전한 곳에서 군을 조율해야 한다.

적재적소에 인재를 배치하고 싶어도 배치할 수가 없다.

인재가 부족하다.

그락서스 전체적인 문제.

내전 때 상당수의 인재가 쓸려 나갔다. 그렇기에 보충해야 하건만 기회가 오지 않았다.

관리 등은 시험을 거쳐 어느 정도 등용했지만, 기사단의 경우는 아직도 부단장 자리가 공석이었다.

"많이 고민해 봐야겠군."

많이 고민해 보아야 할 문제이다. 그러나 답은 쉽게 나오지 않는다.

"하늘에서 인재가 안 떨어지나?"

하늘을 올려다보는 아이란.

그렇지만 그 가능성은 음식이 떨어지는 것보다 낮아 보였다.

                    *   *   *

다음날.

보병 훈련을 참관하러 아이란이 어제의 망루에 올랐다.

보병은 이미 두 개의 병단으로 나뉘어 대치하고 있었다.

모든 훈련을 보는 것도 좋지만, 아이란의 시간 관계상 핵심이라고 할 수 있는 모의 전투만을 준비했다.

그러나 여러 훈련의 성과는 종합이라고 할 수 있는 이 모의 전투를 통해서도 충분히 알 수 있었다.

이제 신호만 떨어지면 서로를 향해 달려들 것이다.

너무 멀어 병사들의 얼굴은 보이지 않는다. 그러나 그들이 느끼는 여러 감정이 느껴지는 기분이다.

불안, 초조, 흥분, 투지 등.

가지각색의 감정이 색깔이 되어 눈에 비춰지는 것 같았다.

"시작하게."

"예."

발론 자작이 손짓하자 옆에 있던 병사가 파란 깃발을 흔들었다.

뿌우우우우우!

뿌우우우우우우우!

양 진형에서 뿔나팔을 불었다.

그것을 시작으로 양 군세가 서로를 향해 전진했다.

병력 손실 등의 이유로 궁병의 화살은 제외되었다.

보병의 전진.

그것은 기마대와 같은 심장의 울리는 말발굽 소리는 없었다.

그러나 한 걸음 한 걸음 전진할 때마다 인간 벽의 압박은 기마병 못지않은 강한 충격을 선사했다.

척척척척척!

척척척척척척!

한 걸음 한 걸음 다가가는 이들.

그리고 어느 정도 거리가 되었을 때,

뿌우우우우!

뿌우우우우우우!

뿔나팔이 다시 한 번 울리고,

우와아아아아아아!

와아아아아아아아아!

서로를 향해 달려들었다.

나무로 만든 목검을 들고 달려들고 있지만 그 기세는 실전 못지않았다.

제일 앞 전열은 순식간에 난장판이 되었다. 그 뒤의 열은 언제든 투입될 수 있게 준비했다.

"기본적인 전술은 통일해 두었기에 순수한 힘의 싸움이 될 것입니다."

힘의 싸움은 기본 중의 기본.

아이란의 목적이 보병 수준을 확인하러 온 것임을 볼 때 그 것이 가장 잘 맞았다.

또 이제 일주일이 된 보병의 힘을 가장 잘 살릴 수 있는 전 술이기도 했고.

복잡한 전술은 후에 보면 된다.

'뭐, 같은 힘 싸움이라도 완전 같지는 않지만.'

같은 도구라도 사용하는 사람에 따라 다르다.

전력전이란 범위 안이지만, 그에 소속된 지휘관들에게 어느 정도 자율권이 보장되어 있었다.

힘의 싸움이라지만 미련하게 돌진만 시키는 것이 아닌, 그 안에서 각자 할 수 있는 것을 찾게 해놓았다.

이제 아이란은 그 속에서 지휘관들의 활약을 보면 된다. 그 과정에서 발굴되는 이들은 그락서스의 인재 부족에 도움이 될 것이다.

서로의 전력이 팽팽했기에 양쪽 다 어느 한쪽이 승기를 잡지 못했다.

서로 밀고 밀리기를 반복한다.

그때, 왼쪽에 위치한 병단의 움직임이 조금씩 달라졌다.

중앙에 위치한 병사들이 조금씩 뒤로 물러나는 것.

치열하게 싸우는 현장이라면 모를까, 높은 곳에서 관전하는 이곳에선 훤히 보였다.

물러나는 과정은 상당히 진행되었다.

조금씩 뒤로 물러섰기에 현장에선 아직 눈치채지 못한 것 같다.

어느새 전장의 상황은 중앙을 뚫고 들어간 우측 병단을 좌측 병단이 둘러싼 형세가 되었다.

그리고 어느 순간,

우군의 지휘관 역시 무언가 이상하다는 것을 눈치챈 것 같왔다.

뿌우! 뿌우!

후퇴를 알리는 뿔나팔이 울렸으나,

뿌우우!

좌군 역시 뿔나팔이 울렸다.

그렇게 상황은 반전되었다.

쫓던 이들이 물러나고 물러나던 이들이 쫓는다. 그렇지만 아까와는 다르다.

후퇴하려는 쪽은 한쪽 면을 제외하고 포위된 후이다.

포위로부터 탈출하기 위해 병사들이 달렸다. 그러나 쏟아지는 공격에 무수히 많은 이가 쓰러졌다.

그에 포위된 이들은 탈출하기 위해 더욱 몸부림쳤다.

한쪽 면을 포위하지 않고 열어둔 것이 빛 좋은 개살구, 덫이 되었다.

차라리 완전히 포위되었다면 탈출하기 위해서라도 싸울 것이다. 그러나 빠져나갈 곳이 있다.

그것이 희망고문이 되어 패배로 몰고 있었다.

"호오! 승패가 결정 났군요."

"팽팽하던 것이 한순간에 끝장이 났습니다."

가신들이 결과에 대해 서로 이야기를 나누었다.

아이란이 발론 자작을 향해 입을 열었다.

"왼쪽의 총지휘를 맡은 이가 누구지?"

"오백인장에서 임시 천인장으로 승급시킨 센리온이라는 자입니다. 훈련 중 그의 부대가 성적이 제일 좋아 임시 천인장으로 삼은 후 몇 번의 모의 과정을 거쳐 그를 좌군의 수장으로 임명했습니다."

"센리온이라……. 들은 적이 있는 것 같군."

아마 아이란의 기억이 맞는다면 그는 중앙에서 올라온 몰락 귀족의 후예로 식솔을 먹여 살리기 위해 군에 지원한 것으로 알고 있었다.

이것은 그를 백인장으로 임명할 때 들은 보고.

기억 한편에 묵혀두었던 것이 오랜만에 꺼내졌다.

"한번 만나보고 싶군."

"예. 그렇다면 지금 바로……."

"아니. 오늘은 피곤할 터. 푹 쉬고 내일 만나도록 하지."

"백작 각하의 배려에 감사드립니다."

발론 자작이 꾸벅 고개를 숙였다.

"훈련에 참가한 모든 병사를 오늘은 푹 쉬게 하게."

"알겠습니다."

"그리고 내가 간식거리를 좀 가져왔으니 나누어 주고, 오늘 저녁은 좀 푸짐하게 주도록 하게."

"모든 병사가 백작 각하의 은덕을 칭송할 것입니다."

참관은 그렇게 끝이 났다.

내일이 기다려지는 아이란이었다.

                    *   *   *

　누군가에게는 기대의, 누군가에게는 긴장의 밤이었던 순
간이 끝나고 해가 뜨고 날이 밝았다.

　아침을 먹고, 업무를 보고 나니 어느덧 점심때.

　평소와 다를 것 없는 일상이지만 오늘은 손님이 함께한다.

　"오랜만에 뵙습니다, 백작 각하."

　전체적으로 선이 가늘긴 하나 뺨에 새겨진 흉터가 그의 이
미지를 백팔십도 다르게 하여준다.

　강렬한 인상을 가진 주인공.

　긴장한 탓인지 얼굴이 뻣뻣하게 굳어 있어 그러한 인상에
더욱 힘을 실어주는 이.

　그의 이름은 센리온.

　어제 멋진 전술을 펼친 자다. 그런데 오랜만이라니?

　아이란이 기억하기로 그와 만나는 것은 처음이다. 그와 만
난 적이 있던가?

　"그대와 내가 만난 적이 있던가?"

　"백작 각하께서는 저를 기억 못하시겠지만, 저는 백작 각
하를 한 번 뵈었습니다."

　"허?"

　정말 만난 적이 있나보다.

"꽤 오래전 이야기로, 선대 백작께서 생존해 계실 때 어린 각하와 함께 영지군을 찾으신 적이 있습니다."

그의 말대로이다.

선대 백작은 아이란이 어릴 적부터 동행해 군을 시찰하곤 했다.

군과 친숙해지길 바라는 후계자 수업의 일환.

"그때 저는 신임 백인장으로 승급하였는데, 선대 백작 각하께서 직접 저를 서품하여 주셨습니다."

"아, 그때로군."

아이란의 기억 속에서 오래된 기억 하나가 들추어졌다.

아버님을 따라 신임 백인장의 승급식에 참관하였을 때, 선대 백작은 신임 백인장들을 대표해 한 사람에게 직접 서품을 내려주었다.

그때 대표이던 신임 백인장의 얼굴이 유난히 잘생겼던 것이 기억났다.

"그때의 백인장이 자네였군."

"예, 맞습니다."

확실히 그때와 얼굴이 비슷하다.

그땐 없던 흉터가 생겼지만 딱딱하게 굳은 표정까지 똑같았다.

"자, 그럼 같이 가도록 하지. 재회를 축하할 겸 말이야."

"감사합니다."

점심을 먹으며 아이란과 센리온은 여러 이야기를 나누었다.

센리온의 어린 시절 이야기와 병영 생활에 관한 이야기.

결혼에 대한 이야기도 나누어 센리온이 미혼이란 것을 알 수 있었다.

'자, 그럼 이제 본론으로 들어가 볼까.'

처음부터 바로 본론으로 들어간다면 부담을 가질까 싶어 미루어두었다.

지금쯤이면 본론으로 들어가도 괜찮을 듯싶다.

"어제의 모의 전투는 멋지더군. 이것은 내 진심일세."

"감사합니다."

"간단해 보이지만 성공시키기 어려운 전술이었지."

사실 시간만 충분했으면 누구라도 사용할 수 있는 전술이었다.

그러나 이제 막 일주일이 된, 그것도 천인장으로 총사령관이 된 지 며칠 되지도 않았는데 그것을 멋지게 성공시킨 것은 놀라운 재주이다.

어느 정도 제약이 걸린 총력전.

그 상황에 가장 걸맞은 전략을 수립하고 이룩한 것은 간단한 전략이라고 센리온의 공을 펌하할 이유가 되지 못했다.

"정말 훌륭했어."

거듭 칭찬하는 것이 아깝지 않다.

"혹 따로 병법에 대해 공부하고 있는 것이라도 있는가?"

"어려서부터 클라츠 경의 병법론을 읽고 공부했습니다."

클라츠 경은 대륙의 귀족으로, 희대의 전략가로 칭송되는 이.

그가 남긴 병법론은 전술의 기본이 되는 지침서였다.

"호오! 병법론!"

당연하다면 당연한 것이겠지.

병법을 공부하는 자가 병법론을 공부하지 않는다는 것은 말이 안 되니까.

그렇지만 그것은 그야말로 기본.

물론 기본 역시 중요하다.

기본을 쌓지 않고선 심화 과정에 들어갈 수 없으니까.

"어려서부터 집에 존재하는 유일한 병법서였습니다. 몰락한 귀족인 집안 사정상 그 책만을 파고들 수밖에 없었지요."

역시 그러한 사정이 있는 것이었나.

책은 비싸다.

질 좋은 종이도 비싸지만, 책을 베껴 쓰는 인건비 역시 상당했다.

아무리 짧은 책이라도 10페니는 했다.

모든 몰락한 귀족이 그러한 것은 아니지만, 대부분의 몰락한 귀족은 가난에 쪼들렸다.

아마 센리온 역시 공부를 하고 싶어도 빚에 쪼들리는 이상 어쩔 수 없었겠지.

그렇다면 아이란이 그 기회를 주는 것은 어떨까?

무작정 빚을 갚아줄 수는 없지만 괜찮은 방법이 있지 않을까?

"센리온."

"예."

"자네가 괜찮다면 백작가의 서재에 들르도록 하게."

"예?"

센리온이 갸우뚱한 표정을 지었다.

"서재에 항시 출입할 수 있는 권한을 주지. 자네가 읽고 싶은 대로, 공부하고 싶은 대로 하게. 대출을 해 가도 좋고."

마음 같아선 스승 역시 붙여주고 싶다. 그러나 딱히 스승이 될 만한 이가 보이지 않는 것이 문제였다.

발론 자작이라도 붙여주고 싶지만 그는 바빴다.

'뭐, 가끔이라면 상관없을라나.'

일거리가 늘어난 발론 자작의 절규하는 소리가 들리는 것 같지만 무시하도록 하자.

"정말 그래도 되겠습니까?"

"아아, 괜찮고말고."

성장할 가능성이 보이는 이는 밀어주어야 한다.

이 작은 도움으로 인해 센리온이 성장한다면 그것은 아이란으로서는 감사할 일이다.

혹 센리온이 성장하지 않고 이대로 머물러도 상관없다.

인재가 귀한 그락서스의 입장에서 볼 때 작은 인재는 작은 인재대로, 큰 인재는 큰 인재대로 중요했다.

그렇지만 아이란은 센리온이 이대로 끝나길 바라지 않았다.

중간 지휘관보다 총사령관의 위까지 올라갈 수 있길 바랐다.

아이란의 머릿속에서 센리온이 총사령관으로 성장해 군을 지휘하는 모습이 그려졌다.

생각만으로도 기분 좋은 상상. 그러나 그것을 깬 것은…….

"정말 감사합니다."

현실의 센리온이다.

"혹 궁금한 것이 있으면 발론 자작을 찾아가도록 하게. 없는 것보다 나을 걸세."

이것으로 발론 자작의 곡소리 확정.

대의를 위해 어쩔 수 없다고 스스로를 정당화하는 아이란이었으나, 속으로는 발론 자작을 향해 애도를 표했다.

*　　　*　　　*

센리온을 필두로 그락서스는 몇 명의 인재를 더 찾아냈다.

그들 역시 각자 여러 사정을 안고 있는 이.

아이란은 그들에게 작은 도움을 주며 지원했다.

사실 빚 정도의 문제는 아이란이 당장에라도 모두 갚아줄 수 있었다. 그러나 아이란은 그러하지 않았다.

그것은 이제까지 치열하게 살아온 이들에 대한 모욕이라 생각했다.

스스로 노력하여 쟁취를 할 수 있는 것을 누군가가 덥석 쥐어 건네주면 어떨까?

기뻐하는 이들도 있겠지만 '내겐 큰일이 저 사람에겐 숨 쉬는 것보다 자연스럽구나' 하는 허탈감을 느끼는 이들도 있을 것이다.

너무 과한 걱정이라 생각할 수도 있지만, 어쨌든 아이란의 생각은 그러했다.

"뭐, 아예 도움을 주지 않는 것은 아니니까."

은근슬쩍 급료를 좀 더 챙겨 준다든지 하는 정도의 도움은 주고 있었다.

아예 모르는 척할 수는 없는 법이니까.

"무슨 생각을 하시는지 모르겠습니다만, 지금 그 서류를 보고 계신 지 벌써 삼십 분이 넘었습니다."

"아, 벌써 시간이 그리 흘렀나?"

"예. 빨리 처리하시지 않는다면 저녁 시간에 늦을 것입니다."

칼 덕분에 정신을 차렸다.

그의 말대로 빨리 이 서류들을 처리하지 않는다면 저녁을 거를 수도 있는 상황.

드넓은 백작령 전체에서 올라온 각종 보고 서류가 한가득 쌓여 탑을 이루고 있었다.

"올해 유난히 야만족의 침입이 많다……."

베르만령에서 올라온 보고이다.

베르만령은 산맥으로부터 쏟아져 나오는 괴물과 야만족들로부터 그락서스를 보호하는 방패이다.

허투루 여길 사항은 아니었다.

아이란은 서류를 좀 더 자세히 살폈다.

"베르만령으로부턴 소집을 하지 않거나 파병을 해야겠군."

검은 매 군단의 결성으로 인해 각 지방도 분주했다.

일차적으로 그락서스 본령의 총결집 후 이차적으로 속령들 역시 합류해야 하기 때문이다.

혹한의 계절로 인해 쏟아져 내려오는 적들에 맞서 싸우는 베르만령도 예외는 아니었다.

베르만령의 사정을 감안할 때 아무래도 베르만령은 예외로 두는 것이 좋겠다.

"야로스령도 말썽이로군."

야로스 역시 산맥과 맞닿아 있는 곳.

야로스 가문이 멸망하고 본령의 영지군이 파병을 나가 있다.

파병군 대장의 보고에 의하면 야로스령 쪽도 역시 만만찮게 쏟아져 내려오는 듯했다.

그 덕분에 보고서의 내용은 지원을 촉구하는 내용으로 가득했다.

보내긴 보내야겠지. 그런데 꺼림칙한 이 마음은 대체 무엇일까?

"올 한 해만 이랬으면 좋겠지만."

산맥에 무언가 일이 일어난 것인가?

기후 이상이라든지 먹이사슬에 지각 변동이 일어났다든지 하는 일은 아닐까?

제발 그러한 일이 일어나지 않길 아이란은 바랐다.

'올 한 해로 넘어가길.'

간절한 바람이다.

그 외에도 몇 가지 사항이 아이란의 발목을 잡았다.

가벼운 사안은 빨리 처리해도 굵직굵직한 것들이 끝없이 쏟아져 나왔다.

아무래도 저녁은 늦게 먹거나 걸러야 할 것 같았다.

결국 아이란이 업무를 끝낸 것은 저녁시간이 한참이나 지나고 나서였다.

일찍 잠이 드는 이라면 그대로 잘 수도 있는 시간.

"배고프군."

저녁을 대신해 몇 가지 간식을 먹긴 했지만 머리를 너무 썼다.

머리와 장에서 합동으로 먹을 것을 요구했다.

결국 아이란은 하인을 불러 간단히 야식으로 먹을 수 있는 것을 가져오도록 했다.

잠시 후, 하인이 먹을 것을 가져왔다.

빵을 뜯어 입에 넣으려는 그 순간,

쾅!

"큰일입니다!"

어지간한 일론 당황하지 않는 칼이 급한 얼굴로 뛰어 들어왔다.

그 탓에 아이란은 막 입에 넣으려던 것을 내려놓았다.

"무슨… 일이지?"

칼을 향해 말하면서도 시선은 계속 야식 쪽으로 가고 있는 아이란.

그렇지만 칼이 내려놓은 소식은 단번에 그의 시선을 돌리기에 충분했다.

"렌빈 대공군과 마샬 공작군이 충돌했다는 지급 보고입니다!"

"……!"

마침내 수도 혈전 이후 새로운 전쟁의 장이 열렸다.

CHAPTER

2

공훈에 보답함

—보훈(報勳)

메마른 초원.

북에서 불어오는 차가운 바람에 바싹 말라 버린 잡초만이 무성한 이곳은 케트란 후작령과 국왕 직할령 사이에 위치한 뱀파이어의 숲이라고 불리는 곳이다.

나무 한 그루 보기 뜸한 이곳이 왜 숲으로 불리느냐?

그것은 과거 한 전설에 의한 것이다.

오래전 알피나 섬이 그라나니아 왕국이 아닌 알피나 부족 연합이라 불릴 때, 대륙에서 그라난 대공이 대함대를 이끌고 그라나니아에 상륙, 알피나섬을 점령했다.

그 기세는 파죽지세.

알피나의 원주인들은 그 날카로운 창에 꿰뚫려 북으로 북으로 쫓겨났다. 그러나 모두가 그런 것은 아니었다.

북으로 쫓겨 가지 않고 그라난 대공의 군세와 건곤일척의 승부를 벌인 부족들 역시 있었다.

그 수는 물경 일만.

부족의 전사뿐 아니라 노약자와 여인, 아이들까지 모두 동원된 숫자였다.

그들을 상대하는 것은 그라난 대공의 휘하로 '검은 밤의 기사'라고 불리는 쏜 블랙 경.

결국 알피나 섬의 지배를 놓고 부족들과 쏜 블랙 경의 전투가 벌어졌다.

부족들은 죽을힘을 다해, 아니, 실제로 죽어가며 싸웠다. 그러나 강철의 검과 창을 든 쏜 블랙 경의 군사들에겐 먹잇감에 지나지 않았다.

결국 일만의 부족은 전멸했다.

전사의 시체도, 노약자, 여자, 어린아이의 시체도 초원 곳곳에 널렸다.

승리한 자들은 부족들의 그 정신을 높이 사 장사를 지내려 시체를 모았다.

그때 그 모습을 본 쏜 블랙 경은 한 가지 사항을 지시했다.

나무를 베어 거대한 꼬챙이를 만들어 단 한 구의 시체도 빼

놓지 말고 꿰어 땅에 박으라.

　충격적인 명령.

　부족을 두 번 죽이는 것이었다.

　일부 반발한 이는 쏜 블랙 경이 친히 검을 휘둘러 목을 베었다.

　부족에 앞서 그 목들이 먼저 꼬챙이에 꿰어지자 결국 병사들은 주변의 나무를 베어 꼬챙이를 깎았다.

　그때까지만 해도 이곳은 숲이었다.

　그러나 일만 부족의 시체를 꿰기 위해 수없이 많은 나무가 베어졌다.

　물론 그 후에도 숲은 남아 있었다.

　사람을 꿴 꼬챙이란 나무가 수없이 세워진 죽음의 숲이.

　그 후 이곳은 뱀파이어의 숲이라 불리며 나무를 보기 힘든 숲이 되었다.

　그리고 지금 뱀파이어의 숲은 수백 년 전으로 회귀하려 하고 있었다.

　피가 초원을 적시고, 시체가 양분이 되는 그때로.

　휘이잉―

　메마른 바람이 초원을 훑고 지나갔다.

　바람에 흔들거리는 마른 잡초들의 모습, 그것은 이제 곧 내릴 양분이 가득한 붉은 비를 반기는 듯한 모습이었다.

그 비를 내려줄 두 무리의 인간들.

그들은 각자의 자리에서 서로를 노려보고 있지만, 잠시 후면 서로에게 칼을 꽂아 넣어야 하기에 긴장한 모습이 역력하다.

그들의 중앙.

한 중년인과 청년이 서로를 바라보고 있었다.

"오랜만이로군, 공작."

"그렇군요, 대공."

중년인 렌빈 대공과 아르낙스였다.

"긴 말은 필요 없겠지?"

"후후."

이미 여기까지 온 이상 할 말은 없었다.

이제 누구의 의(意)가 더 강할지 겨루어볼 차례만이 남았다.

"뭐, 그래도 예의상 한번 물어봐야 하지 않겠소?"

"어떠한 말일지 알 것 같군."

아르낙스가 싱긋 웃었다.

"대공, 경고하리다. 군을 물리시오."

그에 피식 웃는 렌빈 대공이다.

"물릴 것 같은가?"

"아니, 전혀."

씨익.

둘의 미소가 서로를 향했다.

"더 할 말이 있는가?"

"있을 리가."

"그럼 끝이로군. 건투를 비네, 공작."

"나 역시 마찬가지. 건투를 비오, 대공."

마지막으로 서로를 일별한 둘이 각자의 진영으로 돌아갔다.

잠시 후,

뿌우우우우우우!!

뿌우우우우우우우우우!!

전쟁의 신호탄이 울렸다.

슈슈슈슈슈슈슈슉!!

슈슈슈슈슈슈슈슈슈슉!!

전쟁의 시작을 알리는 죽음의 비가 내렸다.

쏟아지고 또 쏟아져 내리는 비는 마치 검은 안개와 같았다.

상대를 향해 쏟아지는 화살비.

"으아아악!!"

"아아악!!"

방패를 들었어도 눈먼 화살은 어디에나 있는 법.

사나운 강철 꼬챙이에 육체가 꿰뚫린 이들이 비명을 질렀다.

겨우 막아낸 이들, 그들은 비명을 지르는 이들이 안타까웠으나 어떻게 할 수 있는 방법은 없었다.

지금도 계속 화살비가 쏟아지고 있으니까.

자신의 방패에 의지해 화살비를 막아낼 뿐이다.

마침내 장대비와 같던 화살비가 조금씩 줄어들고 마치 날이 갠 것처럼 멈추었다.

그러나 안심할 순간은 아니었다.

두두두두두두두!!

두두두두두두두두두!!

대지를 짓밟으며 서로를 향해 기마가 달리고 있었으니까.

각자 중군과 좌, 우군에서 출발한 기병들이 상대방을 향해 돌진했다.

기다란 창을 꼬나들고 그 끝을 상대를 향해 맞추는 이들.

순수한 힘의 충돌.

초원에서 펼쳐지는 평야전.

특별한 계책도 없이 자신의 강함만을 믿고 그 힘으로 상대방을 쳐부순다.

누구도 공이 아니고 누구도 수가 아니다.

서로가 공이며 수.

이것이야말로 그 무엇의 가감도 없는 전쟁 그 자체.

마침내,

콰콰콰쾅!

콰콰콰콰쾅!

서로의 창끝이 서로의 몸통을 꿰뚫었다.

창에 꿰뚫린 이들이 낙마하고, 꿰뚫은 이들은 그대로 다시 회전해 안장에 걸린 무기를 들고 서로를 향해 돌진했다.

그사이 보병들 역시 움직였다.

화살비의 처참함을 수습한 보병들은 기다란 창을 기병들 쪽을 향해 겨누며 한 발 한 발 전진했다.

뿌우우우우!!

그때, 아르낙스의 진형 쪽에서 뿔나팔이 다시 울렸다. 그러자 렌빈 대공 쪽 기병을 공격하던 아르낙스 쪽 기병들이 맞붙은 이들을 떨쳐내고 후퇴했다.

그들을 쫓아 달리는 렌빈 대공 쪽 기병들.

아르낙스의 진형 중앙이 살짝 뒤로 빠지며 쩍 하고 갈라졌다.

그 사이로 아르낙스 쪽 기병들이 통과하자마자 다시 달라붙는 진형.

처처처처처처척!

기다란 창이 뒤따라오는 렌빈 대공 쪽 기병들에게 겨누어졌다.

렌빈 대공 쪽은 기병들에게 후퇴 명령이 없었기에 기병들은 그대로 아르낙스 쪽을 향해 돌진했다.

그렇지만 이미 랜스를 소모한 터라 그들이 들고 있는 것은 근접을 위한 메이스나 검과 같은 무구들.

본래라면 랜스를 재보급 받고 나서야 돌격을 할 터이지만 지금은 그런 상황이 아니었다.

마침내 렌빈 대공 쪽 기병의 선두가 창병과 마주쳤다.

"크아아아악!"

"어어억!"

수없이 많은 창에 꿰뚫려 순식간에 고혼이 되어버린 이들. 그러나 그들의 아직은 뜨거운 시체가 틈을 만들어주었다.

시체로 인해 창병들 사이에 생긴 틈으로 그대로 기병들이 들어갔다.

챙!

채챙!

기병들의 무기가 번뜩이고, 창병들의 창이 내질러졌다.

아르낙스 쪽이 기병들을 처리하는 사이, 어느새 성큼 다가온 렌빈 대공 쪽 보병들.

"우와아아아아!!"

"와아아아아아아!!"

그들은 그대로 아르낙스 쪽을 향해 돌격했다.

기병들로 인해 혼란스러운 중앙.

그 상황에서 적의 보병들이 그대로 들어온다면 어떻게 될까?

바로 대혼란.

이대로 간다면 천추의 한이 될 수도 있는 상황이었다.

결국 렌빈 대공 쪽 보병들이 그대로 밀고 들어왔다.

기병에 더해 보병까지 더해진 근접전.

사지가 썰리고, 몸통이 꿰뚫리고, 심장에 뭔가 박힌다.

"으아아아악!"

"아아아아악!"

비명 소리가 숲이라 불리는 초원을 지배했다.

붉은 양분을 가득 담긴 물이 초원을 적신다.

"음?"

그 모습을 본진에서 지켜보던 렌빈 대공이 눈살을 찌푸렸다.

"왜 그러십니까?"

옆에서 부관이 물었다.

그에 렌빈 대공은 그저 눈살을 찌푸린 채 전장을 바라볼 뿐.

'뭐지, 이 느낌은?'

분명 전장의 상황은 자신들이 우세했다.

기병들을 받아들이느라 중앙이 뒤로 빠지고 좌, 우익이 상대적으로 돌출된 형태.

그마저도 중앙의 적들을 상대하기 위해 펼쳐져 더 얇아졌다.

이대로만 간다면 날카로운 창날인 자신의 군세가 공작의 군세를 꿰뚫어 버리리라.

그때, 렌빈 대공의 머릿속에 한 생각이 스쳤다.

'아! 기병! 기병은 어디 갔지?

조금 전 퇴각한 아르낙스 공작 쪽 기병들.

그들이 어디 있는 것인가?

그때였다.

"와아아아아!!"

아르낙스 공작의 좌, 우익에서 기병들이 쏟아져 나왔다.

조금 전 퇴각한 기병들이 재보급을 받아 나온 것이다.

그들은 곧바로 마샬 공작 측의 병사들을 감쌌다.

"젠장! 포위됐잖아!"

렌빈 대공이 분통을 터뜨렸다.

그의 말대로다.

중앙과 전방의 좌우는 보병들이 감싸고 있고, 후방의 좌우
는 나타난 기병들이 감쌌다.

후방을 제외한 나머지 전부가 둘러싸인 형태.

"어서 2군을 출진하라!"

조금 전 돌격은 보병의 1군뿐이다.

오천에 해당하는 2군의 예비병이 그대로 본진에 남아 있었
다.

그때였다.

포위한 아르낙스 측 병사들 사이사이에서 궁병들이 나타
났다.

그들의 활시위엔 틀림없이 화살이 매겨져 있으리라.

슈슈슈슈슈슉!!

곡사가 아닌 직사로 쏘아진 화살들.

그것들은 그대로 렌빈 측을 꿰뚫었다.

"으아악!"

"캐캐캐액!"

그들의 비명 소리가 이곳까지 들려왔다.

슈슈슈슈슈슉!!

다시 한 번 화살이 쏘아졌다.

"크아아악!"

눈먼 화살이 아군을 꿰뚫기도 했으나, 대다수는 렌빈 대공 측에 적중했다.

비명이 비명을 타고 이어져 끊이질 않았다.

슈슈슈슈슈슈슉!!

또다시 쏘아진 화살이다.

역시나 비명과 함께 무수히 많은 이가 초원에 쓰러졌다.

"젠장! 마샬 공작! 얕은 수를 쓰다니!"

렌빈 대공이 분노를 터뜨렸다.

전쟁에서 순수한 힘의 싸움을 좋아하는 렌빈 대공이다. 그 역시 계책을 쓰지 않는 것은 아니지만 이러한 평야전에선 사내라면 당연 정면승부를 보아야 하지 않는가.

그러한 생각을 가진 렌빈 대공이었기에 아르낙스를 향한

분노는 대단했다.

그사이 도착한 2군이 열린 후방을 통해 아르낙스 쪽을 공격해 포위를 흩트렸다.

"퇴각을 울려라!"

"예!"

뿌우, 뿌우, 뿌우우우!!

렌빈 대공 쪽에서 퇴각의 뿔나팔이 울리자 포위된 이들은 열린 후방을 통해 내달렸다.

아르낙스 측이 일부러 열어둔 틈이었다.

그 틈을 통해 탈출하는 렌빈 대공 측.

아르낙스 측이 그것을 추격하는 것은 당연히 예정된 일.

결국 쫓고 쫓기던 추격전은 아르낙스 측에서 역시 퇴각 신호를 울리는 것으로 종료되었다.

첫날, 양측을 합하여 삼천 하고도 몇 백 구의 시신이 초원에 누웠다.

그중 과반 이상이 렌빈 대공 측인 것은 당연한 일.

첫날의 승자는 아르낙스였다.

*   *   *

둘째 날.

싸늘히 굳은 시체가 모여 있는 평원에 다시 모인 두 무리.

어제 승리를 이룩한 아르낙스 측의 사기는 높았고, 그와 반대로 렌빈 대공 측은 침울했다.

"흠."

패배의 충격은 잘 가시지 않는 법이다.

특히 그것이 삶과 죽음을 결정하는 현장에서라면.

이 분위기를 반전시켜야 할 것.

그것이 필요했다.

"어쩔 수 없나."

한숨을 내쉰 렌빈 대공이 전투에 앞서 모든 병사 앞에 섰다.

"내 병사들이여."

조용히 입을 떼는 렌빈 대공.

모두의 시선이 그에게 향한다.

"우리는 어제의 전투에서 패배했다."

병사들의 시선이 더욱 움츠러들었다.

렌빈 대공의 휘하 가신들은 대공이 왜 저러한 말을 하는지 의아한 표정이었다.

어쨌거나 아랑곳 않고 대공의 말은 계속된다.

"왜 우리가 패배하였을까? 그 이유가 무엇일까? 수많은 이유가 있겠지."

말을 끊은 렌빈 대공. 수만 개의 눈동자를 하나하나 다 훑고선 계속한다.

"그중 하나."

꿀꺽.

누군가 침을 삼키는 소리가 들려왔다.

"이 전투의 목적은 바로 나를 위한 것. 그대들이 승리를 하여봤자 돌아가는 것은 별로 없지."

적나라한 말이다. 병사들의 눈빛이 일그러지고, 그와 함께 가신들의 표정에 불안이 감돈다.

"그렇다면 승리를 위한다면 어떠한 것이 필요할까?"

아무도 그의 말에 대답하는 이가 없었다. 그에 렌빈 대공은 씩 웃었다. 그러고선 양팔을 좌우로 활짝 크게 폈다.

"바로 보상."

보상.

지위를 막론하고 그 누구나 탐이 나는 단어.

그 이야기에 병사들의 눈빛에 살짝 힘이 돌아왔다.

"그대들의 입장에서는 대의든 무엇이든 아무 소용 없는 것. 그러나 실제적으로 그대들의 손에 쥐어질 것이 있다면 달라지지."

병사들의 눈빛에 빠른 속도로 활기가 돌아간다.

"공을 세워라, 나의 병사들이여. 그대들에게 부와 명예를 주마. 나는 약속할 수 있다. 공을 세우는 자는 그 누구를 막론하고 큰 상을 내릴 것이다. 금을 달라면 금을 줄 것이고, 땅을 달라면 땅을 줄 것이다. 여자를 달라면 여자를 줄 것이고, 노

예를 달라면 노예 역시 줄 것이다. 그대가 원하는 그 무엇이
든 그에 합당한 공을 세운다면 무엇이든 이루어줄 것이다. 귀
족? 백을 넘어 후, 공의 자리 역시 줄 수 있다."

공을 세우는 자, 모든 것을 가지리라.

렌빈 대공의 말은 그것이었다.

그것을 이해한 병사들의 얼굴에 큰 기쁨과 함께 결심이 서
린다.

병사들의 반응을 확인한 렌빈 대공이 마지막으로 말을 이
었다.

"그것은 이제 곧 왕이 될 나 에드워드 렌빈(Edward Lenbin)
이 나의 이름을 걸고 약속한다. 어떠한가, 나의 승리책이? 어
떠한가, 나의 병사들이여?"

렌빈 대공의 선언이 끝이 나고, 병사들이 환호성을 질렀다.

그 환호성은 크기가 이를 데 없어서 아르낙스 측 진영에서
도 깜짝 놀랄 정도였다.

* * *

우와아아아아아아!!

렌빈 대공 측에서 환호의 함성이 울렸다.

"대공 측에서 무엇인가를 했나 봅니다."

칼제르맹 단장의 말에 아르낙스가 고개를 끄덕였다.

"저 함성으로 보아 사기가 꽤 올라갔겠군요."

"그렇지."

아르낙스가 고개를 끄덕이더니 빙긋 웃었다.

"그럼 우리도 한번 해볼까?"

"예? 무엇을……?"

칼제르맹 단장의 말에 씨익 미소를 지어 보인 아르낙스가 병사들 앞에 섰다.

"제군들!"

모두의 이목이 아르낙스에게 집중되었다.

"긴 말이 필요 없지?"

씨익 미소 짓는 아르낙스를 향해 병사들 역시 씨익 미소를 지어 보인다.

"자고로 이 그라나니아에서 마샬의 남자들보다 센 놈은 없지. 우리보다 센 놈 본 적 있나?"

"없습니다아!"

병사들이 소리쳤다.

"그래그래, 우리보다 센 놈 따위 본 적 없지. 그럼 우리가 저 북부 촌놈들에게 이기는 것은 당연하겠군."

"맞습니다아!"

"그럼 뭣들 하고 있어, 무기를 들지 않고? 저 촌놈들 엉덩이에 칼침 한번 박아줘야 될 것 아니야!"

"와하하하하!!"

아르낙스 측 진영에서 웃음이 크게 터졌다.

그것은 이쪽을 넘어 렌빈 쪽의 관심까지 끌어내었다.

그러거나 말거나 아르낙스의 말은 계속되었다.

"자!"

짝!

아르낙스가 손뼉을 한 번 치자 순식간에 장내의 소란이 멎었다.

"그럼 가볼까!"

"와아아아아아아!!"

면전의 렌빈 측 함성에 지지 않을, 아니, 오히려 더욱 큰 함성이 나무가 없는 숲을 울렸다.

*   *   *

첫날과 달리 둘째 날은 수장들의 회담 같은 건 없었다.

그저 칼을 들고 서로의 길을 관철하기 위해 나설 뿐.

"싸움은 먼저 치는 놈이 임자! 준비하라!"

궁수들이 활에 시위를 먹였다.

"쏴라!"

슈슈슈슈슈슈숙!

슈슈슈슈슈슈슈슈숙!

선공은 아르낙스 측.

창공을 수놓은 검은 안개, 그것은 그대로 비가 되어 쏟아졌
다.

검은 비는 억수같이 쏟아졌지만, 그에 대한 피해는 어제보
다 못했다.

한 번 당한 만큼 렌빈 측에서도 아는 것이다.

"우리도 복수를 해야 하지 않겠나! 준비하라!"

복수심에 활활 불타오르는 눈빛으로 렌빈 측이 아르낙스
측을 노려본다.

"쏴라!"

슈슈슈슈슈슈슈슉!

슈슈슈슈슈슈슈슈슈슉!

이번엔 아르낙스 측으로 소낙비가 떨어졌다. 그렇지만 아
르낙스 측도 렌빈 측과 같이 별 피해 없이 화살을 막아냈다.

그러한 과정을 몇 번 더 거쳤다.

그 과정은 화살통의 절반 이상이 비워졌을 때야 멈추었다.

양측은 알고 있었다.

이대로 가보았자 끝이 나지 않을 것이란 걸.

결판을 내려면 직접 칼과 창을 맞대야 했다.

"출진!"

"출진하라!"

어제와 같이 기병들이 달렸다.

두두두두두두두!!

두두두두두두두두두두!!

그들은 순식간에 상대와 거의 맞닿았다.

그렇다면 이제 그들이 해야 할 일은!

날카로운 매의 눈으로 상대를 바라보고!

손에 쥐어진 창끝을 심장에 조준한다!

대지를 박차는 말과 기수의 모든 것이 그 창끝에 실려 있다!

쾅!

마침내 선두와 선두가 충돌하고!

콰콰콰쾅!

그 뒤를 잇는 충격의 연속!

가슴에 창을 꽂은 이들이 낙마했다. 일부 생존한 이도 있었으나 떨어질 때의 충격, 혹은 달리는 말발굽에 산산이 으깨져 버렸다.

"와아아아아아!!"

기병 간의 일 차 충돌. 그 결과에 함성을 보내는 곳.

그곳은 아르낙스 진영.

어제의 전투에서 렌빈 측 기병이 큰 피해를 입은 만큼 전체적으로 아르낙스 측의 기병이 유리했다.

수도 수거니와 자세부터가 달랐다.

렌빈 대공이 공에 대한 큰 포상으로 사기를 끌어올렸지만 패전군은 패전군.

승전군과의 사기 차이는 어쩔 수 없다.

그 패전군의 사기를 끌어올리기 위한 처방은 오로지 승리뿐. 그리고 아르낙스 측은 그 처방을 투약하도록 도와줄 생각이 없었다.

상대를 꿰뚫고 살아남은 기병들이 말의 속도를 줄이며 선회했다.

그사이 그들의 손엔 어느새 근접을 위한 무구가 들려 있었다.

두두두두두!!

두두두두두두두!!

다시 서로를 향해 돌진한다.

그때, 렌빈 측 기병의 무장이 어제와 달랐다.

그들의 손에 들린 것.

그것은 날붙이와 나무막대를 엮어 만든 조잡한 손도끼.

그것을 본 아르낙스 측 기병들의 표정이 급변했다. 아무리 조잡한 무기라도 맞을 시엔 치명상을 입을 수 있었다.

결국 아르낙스 측 기병들은 방패로 몸을 방어할 수밖에 없었다.

그리고 그것은 렌빈 측이 노리는 것이었다.

마침내 렌빈 측 기병들의 손이 뻗어 나갔다.

그에 아르낙스 측은 방패로 몸을 가린다.

슈슈슈슈슈슉!

터터터터터팅!

조잡한 손도끼가 방패에 맞아 튕겨졌다. 그러나 안심할 수는 없었다.

방패로 몸을 가렸기에 시야가 가려졌다.

그것은 위기일발의 상황.

재빨리 시야를 확보해야 한다.

"헉!"

그리고 방패를 내린 아르낙스 측 기병들이 본 것은 순식간에 다가온 렌빈 측.

그것도 자신들을 향해 무기를 내려치고 있는 모습이다.

콰직!

거대한 쇠뭉치가 방패와 함께 기수를 날려 버렸다.

렌빈 측 기병이 메이스로 아르낙스 측 기병을 공격한 것. 그러나 이것은 이들의 상황만이 아니었다.

콰직! 쾅!

이러한 소리가 전장에 마치 음악처럼 울렸다.

그 음악이 끊길 때까지 아르낙스 측의 목숨은 사라져 간다.

결국 그 음악은 한동안 끊이지 않다가 결국 멈추었다.

아르낙스 측으로선 앙코르 따위는 다시는 생각하고 싶지 않은 죽음의 음악회였다.

"후. 별로 처리하지 못했군."

그 모습을 바라보던 렌빈 대공이 눈살을 찌푸렸다.

의외의 수에 많은 수의 아르낙스 측 기병을 처리하긴 했다. 그러나 그보다 더 많은 수의 아르낙스 측 기병이 멀쩡히 남아 있었다.

선두를 제외하고 방어할 시간이 있는 이들.

경험이 있는 이들은 별다른 피해 없이 그 상황을 모면할 수 있었던 것.

당연히 그것은 렌빈 대공 측에 좋지 않은 것이었다.

아르낙스 측에선 천만다행인 일이지만.

"기병을 불러들여라."

아르낙스가 명령에 뿔나팔이 울리고, 아르낙스 측 기병들은 선회하지 않고 그대로 후퇴했다.

"우리도 불러들이도록 하지."

렌빈 대공 역시 기병을 불러들였다.

각 진영의 기병들이 귀환하고, 이제 두 군세의 핵심이 움직일 시간이 되었다.

모든 전쟁의 기본이자 모든 것이라고 할 수 있는 보병.

둥!

그들의 한 걸음에 땅이 울리고,

둥!

그들의 한 걸음에 하늘이 놀란다.

이것이 바로 수만의 인간의 발걸음이 집중된 현상.

놀랍게도 두 군세 모두 한 치의 오차도 없이 정확한 발걸음으로 서로를 향하고 있었다.

그 덕에 발소리는 하나가 되어 마치 거인의 발걸음과 같은 소리가 들렸다.

둥!

둥!

결국 두 군세 모두 이제 달음박질을 한다면 금세 서로에게 닿을 거리까지 전진하고서야 멈추었다.

"칼제르맹 단장."

"예, 공작 각하."

"오늘은 내가 앞장서겠다. 월계수 기사단은 나를 도와 적 진영을 꿰뚫을 창이 될 수 있겠는가?"

총사령관이자 영주인 그가 앞장을 선다 한다. 그를 보필하는 신하의 입장에선 당연 말려야 하는 상황.

칼제르맹 단장이 입을 열었다.

"그야 이를 말씀이십니까. 두말하면 잔소리지요. 공작 각하께 저희보다 날카로운 창이 어디 있습니까."

그러나 칼제르맹은 한술 더 뜬다.

"후후."

아르낙스가 마른 웃음을 흘렸다. 그러면서도 그의 눈빛은 적 진영 구석구석을 노려보고 있었다.

마치 누군가를 찾는 듯이.

"렌빈 대공에게는 한 방 먹었어. 그러니 그것을 되갚아줘야 하지 않겠어?"

"맞는 말씀이십니다."

"그럼 가자!"

두두두두두두두두두두!!

아르낙스 측 중군이 갈라지고, 철갑을 감싼 기마대가 달렸다.

마샬 공작령의 정예 기사단인 월계수 기사단.

그의 주인과 함께하는 출진이다.

두두두두두두두두두두두!!

보통 기마대는 충분한 속력을 얻어야 그 위력을 발휘할 수 있다.

속도를 잃은 기마대는 그 위력이 보병보다 못하게 될 때도 있다.

그렇기에 기마병에게 거리 확보는 필수.

그렇지만 그러한 것도 이 사내와 함께하면 달라진다.

대열의 선두.

번쩍이는 황금 갑옷을 입은 공작과 함께라면 빠르든 느리든 상관없었다.

무신에게 그러한 것은 장애물이 되지 않으니까.

선두의 아르낙스가 쥔 창.

그 끝에 번쩍이는 황금의 칼날이 형성되었다. 그 칼날로 인해 아르낙스가 쥔 창은 거대한 낫과 같은 형태로 보일 정도이다.

리히트!

무엇이든 벨 수 있는 절세의 힘!

그 절삭의 힘이 수확의 기구와 만났다.

"가자!"

두두두두두두!!

아르낙스 측이 달렸다. 그것을 막기 위해 창을 꼬나 쥐고 겨누는 렌빈 측 보병들.

애초에 미리 준비한 것이 아니기에 기병을 보낼 시간도 없었다.

결국 보병들은 자신들의 힘만으로 저 철갑을 입은 괴물들을 상대해야 하는 것.

그 공포가 그들의 얼굴을 통해서 잘 드러났다.

쉬익!

아르낙스의 손에 들린 리히트의 낫이 던져졌다.

그것은 무서운 속도로 회전하며 마치 원반과 같은 형태로 보병들에게 쏘아졌다.

쉬쉬쉬쉬쉬쉭!

"아악!"

"으아아악!"

렌빈 측 보병들이 비명을 질렀다.

우수수 시체로 화해 쓰러지며 틈이 생겼다.

이 틈이다!

아르낙스와 월계수 기사단은 그 틈으로 쏘아져 들어갔다. 그들의 기세는 파죽지세!

뚫고, 뚫고, 뚫고, 끝없이 뚫고 들어간다. 그리고 그 거대한 틈은 어느새 달려온 아르낙스 측 보병들이 그대로 이어받았다.

"와아아아아아!!"

"와아아아아아아아!!"

챙! 채채챙! 채채채채채챙!

"크아악!"

"으아아아!"

함성, 충돌, 비명.

온갖 소리.

인세에 존재하는 모든 처절함이 담긴 것과 같은 향연.

그 끝없이 지속될 것 같은 향연은 양 군이 서로 후퇴를 할 때가 되어서야 멈추었다.

둘째 날.

그날은 첫날을 뛰어넘은 사상자가 나왔다.

양군을 합해 족히 오천 이상의 사상자, 그중 사망자가 삼천이 넘었다.

그 삼천의 사망은 누구의 우세도 없이 둘째 날은 결국 무승부였다.

　　　　　*　　　*　　　*

　셋째 날.

　첫째 날과 둘째 날의 일전으로 인해 병사들의 피로도가 극심했다.

　그렇기에 오늘은 휴식을 취하기로 양측은 암묵적으로 합의했다.

　그렇지만 휴식이 휴식이 아니었다.

　병사들은 휴식을 취할 수 있을지 몰라도 그 위는 아니었다.

　앞전 전투에 대한 후속 처리와 앞으로 치를 전투 계획 등으로 아주 바빴다.

　그렇지만 그것도 어느 정도 계급까지의 이야기.

　여기 이 사내처럼 최상의 계급이라면 달라진다.

　"하암……."

　군의 수장 아르낙스가 하품을 쩍 했다.

　세부적인 것은 밑에 부하들이 전부 처리하기에 아르낙스는 딱히 할 일이 없었다.

　물론 이것도 사람에 따라 다르다.

　모든 것에 솔선수범하며 자기부터 일을 챙기는 이도 있고, 모든 것을 떠맡기는 이도 있었다.

　어쨌거나 지금의 아르낙스는 후자. 지극히 여유로웠다.

"그렇게 한가하시면 저 좀 도와주시지 말입니다."

그 모습을 쏘아보는 부하들.

느긋이 머리를 받치고 누워 있는 그와 다르게 쉴 새도 없이 이리저리 뛰어다니고 있었다.

총사령관이 아르낙스이기에 그의 군막이 사령부로 사용되는 것.

덕분에 부하들은 그의 팔자 좋은 모습을 그대로 볼 수 있었다.

"아아, 어쩔 수 없군. 웃차!"

부하들의 원성에 결국 아르낙스는 몸을 일으켰다.

"내가 나가면 되지? 그럼 잘들 있으라고."

"어어? 어딜 가십니까?"

"몰라, 몰라."

휘익―

순식간에 천막의 밖으로 나가는 아르낙스였다.

사실 아르낙스는 이 한량과 같은 모습과 달리 자신이 할 일은 전부 제대로 하고 있었다.

전투의 뒤처리 역시 꼼꼼히 챙겼고, 전투의 전술 등도 역시 그가 주도적으로 입안하는 편.

지금의 모습은 잠깐의 휴식 시간. 그렇기에 부하들 역시 장난으로 반응한 것이다.

아르낙스는 그들 이상으로 일을 처리했기에 충분히 쉴 자격이 있었다.

"흠."

밖으로 나온 그가 군영 이곳저곳을 둘러보았다.

각자의 막사에서 쉬고 있는 병사들.

무기를 손질하는 이들도 있었고 느긋이 쉬고 있는 이들도 있었다.

"으으으......"

그들을 살피며 걷던 아르낙스는 미약하게 들려오는 소리에 안색을 굳혔다.

그의 시선이 향한 곳.

그곳엔 상해자들을 수용하는 막사가 있었다.

"으으으으......"

다가갈수록 커지는 신음 소리.

한 사람이 아닌 여럿의 소리다.

"......"

마침내 막사 앞에 도달했다. 그가 막사 안에 들어가자 누워 있던 병사들이 깜짝 놀랐다.

"공, 공작 각하!"

성치도 않은 몸을 일으키려는 병사들.

"괜찮다. 앉아 있으라."

아르낙스의 명에도 일어나려는 그들을 아르낙스가 억지로 눕혔다.

"죄송합니다."

"아니, 죄송할 것이 무엇 있나. 나를 위해 다친 것을."

"그래도……."

그 모습을 본 아르낙스는 가슴이 아팠다.

이 전투의 주범이라고 할 수 있는 자.

그들에게 창칼을 들게 한 자.

그자는 바로 자신.

자신은 이리 멀쩡한데 이들은 다쳐 있다.

상처가 가벼운 이들은 살짝 베이거나 타박상을 입은 정도지만 사지 중 하나가 멀쩡하지 않는 이도 부기지수였다.

위선이라면 위선일 수도 있다. 그러나 아르낙스는 진심으로 미안함을 느꼈다.

"자네."

"예."

"결혼은 했나?"

그의 물음에 병사는 아픔으로 인해 얼굴을 찡그리는 와중에도 입가엔 미소를 지어 보였다.

"예, 자식도 하나 있습니다."

"그런가? 좋겠군."

"하하, 좋다마다요. 제가 사는 이유가 바로 그 녀석 때문입니다."

그 말에 아르낙스의 가슴 한편으로 죄책감이 더했다.

이미 수없이 쌓여 산을 이룬 죄책감이지만 계속해서 쌓여
간다.

"그렇기에 반드시 살아서 돌아갈 예정입니다. 죽더라도 그
녀석이 후에 결혼을 하고 자식을 낳을 때까지 보고 죽을 생각
입니다. 그전엔 절대 죽을 생각이 없습니다."

"그래, 당연히 그래야지. 자네는 꼭 돌아갈 수 있을 걸세."

아르낙스는 병사의 손을 꽉 잡아주었다.

손을 통해 온기가 전달되었다.

그 후 아르낙스는 다른 병사들을 만나 그들의 이야기도 들
어주었다.

한 사람 한 사람 모두 외모가 다르듯 그들의 살아온 삶도,
짊어져야 할 것도 달랐다.

그것에 아르낙스는 큰 족적을 남겼다.

영원히 지울 수 없는 족적. 그들에게 영원히 짊어져야 할
무게가 늘었다.

그에 대해 보상을 해야 한다.

아르낙스의 생각은 그랬다.

자신의 막사로 돌아간 아르낙스는 휘하의 이들에게 명했
다.

"전투 중 상해를 입은 이들에게 보상을 할 수 있는 방안을
마련하라."

"예? 그게 무슨 말씀이십니까?"

"나를 위해 다치지 않았나. 그럼 당연히 내가 보상을 해야지."

"굳이 그렇게 하지 않으셔도……."

"부관."

아르낙스가 부관을 지그시 바라보았다.

"예."

"시행하라."

아르낙스의 통첩에 결국 고개를 끄덕이는 부관이다.

"알겠습니다."

그 후 휘하의 이들은 전투에 참여한 이들과 상해를 입은 이들에게 보상할 수 있는 방안을 적극적으로 찾았다.

그리고 생각해 낸 방안.

그것을 아르낙스는 채택했다.

그리곤 다음날, 출진에 앞서 병사들에게 그것을 발표했다.

병사들의 환호성이 울렸다.

CHAPTER
3

마력으로 불가사의한 일을 행하는 술법.

—마법(魔法)

그라나니아 왕국의 수도이자 제일의 도시.

왕도 볼레로디움.

평상시 낮밤 가릴 것 없이 사람들의 활기로 떠들썩한 이 도시가 현재 침묵에 잠겨 있다.

거리에 시민들의 모습은 보이지 않고 오로지 보이는 것은⋯⋯.

척척척척척!

손동작 하나, 발동작 하나까지 맞추어 걷고 있는 이들.

매섭고 날카로운 눈으로 거리를 훑는 그들의 정체는 바로 이 왕자의 병사였다.

그날.

왕도가 이 왕자에게 점령당한 후부터 왕도는 오로지 병사들의 세상이 되었다.

평범한 시민들은 집에 틀어박혀 커튼이 쳐진 창문을 통해 조심스레 살필 뿐이다.

왕도 전체가 통제된 철창이나 마찬가지로 그것은 요 근래 더 심해졌다.

바로 왕도를 탈환하기 위한 일 왕자와 일 왕녀의 연합군이 왕도를 포위한 것.

그전까진 제한적인 자유가 허락되었으나 지금에 와선 완전히 사라졌다.

"호오!"

왕도를 한눈에 바라볼 수 있는 거대한 종탑.

그 꼭대기에 한 사람이 서 있었다.

유들유들, 느긋느긋한 외모를 가진, 그에 딱 맞는 성격의 인물.

그를 아는 사람들은 그를 이렇게 부른다.

슐레스비히 공작이라고.

"이야, 섬나라라고 무시했는데 꽤 멋진걸."

슐레스비히 공작은 양손을 눈썹에 붙여 햇볕을 가리며 왕도를 감상했다.

그의 두 눈에 왕도 곳곳이 가득 비추어진다. 높은 산에 올라 경치를 관람하는 것과 같은 모습.

지극히 여유로워 살얼음판을 걷는 것과 같은 왕도의 상황과 무척이나 대비되어 보인다.

"저것도 멋지고 말이야."

만족할 정도로 왕도를 둘러본 그의 시선이 이번엔 성벽 밖으로 향했다.

그곳엔 연합군의 진채가 서 있었다.

아직 아르낙스의 마샬 군이 도착하지 않았지만, 이도란과 알비란만으로도 위풍당당한 이만의 군세.

휘날리는 깃발이 위엄을 돋운다.

언제라도 왕도를 공격할 준비가 되어 있는 이들.

"재밌겠어."

슐레스비히 공작의 입가에 맺힌 미소가 짙어졌다.

＊　　　＊　　　＊

거대한 대전, 보석으로 장식된 옥좌가 있다.

오직 왕에게만 허락된 이 철혈의 권좌. 그곳에는 한 사람, 가브리엘이 앉아 있었다.

평소라면 가득 배례하고 있어야 할 대전엔 그 혼자밖에 없기에 침묵만이 존재했다.

"하아……."

가브리엘의 입에서 한숨이 흘러나왔다.

바싹 마른, 지친 이의 숨결.

번쩍이는 황금 관을 쓰고 홀을 쥔 이답지 않다.

이 모습을 보면 그 누가 이 사람을 그 자신감 넘치던 가브리엘이라고 할까?

그러나 그를 둘러싼 상황을 본다면 이해가 될 것이다.

수도를 차지한 후 왕의 자리에 올랐다.

이곳을 탈환하러 오는 이들을 막기 위해 적까지 끌어들였다.

그 결과 렌빈이 마샬을 막고, 케트란이 전속력으로 남하하고 있지만 적들이 앞섰다.

지금 당장에라도 공성을 할 듯 왕도 앞에 진을 치고 있는 이들.

아마 이곳이 왕도가 아니었다면 당장에라도 공성이 시작되었을 것이다.

"젠장."

욕지거리가 튀어나왔다.

현재 수도에 대기 중인 병사는 사천이 채 안 된다.

그것도 자신의 사병과 케트란 가문에서 지원받은 사병을 합한 숫자에 왕국군 일부를 포섭하여 겨우 만들어낸 숫자.

그에 반해 공성을 준비 중인 적은 이만.

단순히 산술적으로 계산해도 다섯 배, 아니, 다섯 배가 넘는 수치.

게다가 공성은 일반 평야전과 달랐다.

"마법이 허용되지."

마법(魔法).

이 얼마나 신비하고 경이로우며 두려운 힘인가.

애초 이 대륙이 한 국가로 통일되었을 때 원동력이 된 힘이 마법이 아니던가.

제국이 멸망하고 전국시대(戰國時代)라고 불리던 시절.

마법이 전장에서 활약하던 때.

빛이 번쩍이면 수없이 많은 사람이 죽어나갔다. 칼에 맞아 죽는 이의 수 배를 넘어 수십, 수백 배가.

그에 전 대륙에 사람이 남아나질 않을 위기에 처하자 대륙의 마법협회가 정하지 않았던가.

마법사의 전장 절대 불참을.

그에 가장 큰 전력이 사라진 군주들이 항의하자 결국 마법협회는 타협안을 내놓았다.

공성전 등에만 참여가 가능한 것으로.

그때의 협약은 아직까지도 지켜지고 있어 마법사는 평야전에 참여하지 않는다.

그런데 지금 가브리엘이 맞닿은 사항은 공성전이다.

마법이 허용된다.

양 세력의 마법 전력을 비교해 보자면 가브리엘의 절대적

열세.

알비란은 무역으로 얻은 그 압도적인 금력으로 마법 전력이 가장 우수한 세력 중 하나.

그에 맞상대 할 수 있는 케트란 가문이라도 도착하면 모를까, 지금은 열세 중의 열세였다.

아마 공성을 시작하자마자 쏟아지는 불덩이에 수도의 성벽 따위는 금방 무너져 내릴 것이다.

아니, 어느 정도 버틸 수는 있었다.

수도의 성벽엔 마법에 대항하는 방어 시설이 설치되어 있으니까. 그러나 그것도 어느 정도까지.

시간문제일 뿐이다.

결국 요지는 이것이다.

"케트란 가문이 도달할 때까지 버티느냐, 무너지느냐."

도달할 때까지만 버틴다면 이길 수 있었다. 이기지 못하더라도 무승부는 이룰 수 있었다.

그러나 버티지 못한다면 필패.

데이비드처럼 하수구를 통해 탈출, 다음 기회를 노려야겠지. 어쩌면 그것조차 못하고 그의 목이 장대에 꽂혀 광장에 세워질 수도 있었다.

"생각하기도 싫군."

가브리엘이 고개를 저었다.

"희망적으로 생각하자. 아직 우리에겐 왕성이란 거대한 방벽이 있다."

성벽에 의지해 버티고 또 버티면 된다. 자고로 성벽은 수성의 위력을 세 배는 증강시켜 주는 힘.

사천이 만이천의 힘을 낼 수 있다.

이만과 만이천. 여전히 열세이긴 하지만 나쁘지 않다.

한 가지만 제대로 이루어진다면.

'내 마법사들이 버텨주길 기대하는 수밖에.'

그때였다.

"도와드리오?"

그 외엔 아무도 없는 대전에 다른 사람의 목소리가 울렸다.

"누구냐!"

가브리엘이 깜짝 놀라 소리쳤다.

그에 어둠 속에서 스르륵 나타나는 한 사내.

날카로운 눈을 가진 그. 권능의 창으로 거대한 괴물을 물리친 사내.

브라간사 공작이었다.

"너는 누구냐?"

당연히 가브리엘이 브라간사 공작을 알 리가 없었기에, 그의 정체를 유추하기 위해 머리를 굴렸다.

"후후."

브라간사 공작이 나직이 웃었다.

"본인의 정체가 그리 궁금하오?"

"당연하지 않느냐? 내 분명 아무도 들여보내지 말라 하였
건만. 대체 누구지? 누가 널 안으로 들여보내 준 것이냐?"

말을 하는 가브리엘의 표정이 순식간에 어두워졌다.

딱딱하게 굳은 얼굴의 가브리엘. 그가 브라간사 공작을 노
려보며 입을 열었다.

"혹 나를 암살하기 위해 온 것이냐?"

"하하하하하!!"

그에 대전이 떠나가도록 웃는 브라간사 공작.

웃음소리가 얼마나 큰지 귀를 막아도 골이 울릴 정도이다.

신기한 건 이리 큰 웃음소리가 났건만 대전을 살피러 들어
오는 자가 하나도 없었다.

"암살이라고 했소이까? 후후, 이 나에게 암살자라……. 누
가 과연 이 몸을 암살자로 부리는 사치를 누릴 수 있을까? 단
한 분을 제외하면 불가능한 일. 그리고 그분은 암살 따위엔
관심 없으니 안심하셔도 좋소."

그 자신만만한 웃음에 이상할 정도로 믿음이 가는 가브리
엘이다.

"그래, 그렇다면 나를 왜 찾아왔지?"

"도움이 필요하신 것 같아서 말이오."

"도움?"

"그렇소. 도움."

확실히 도움이 필요한 것은 맞다.

그렇지만 과연 눈앞의 이자가 그 도움을 줄 수 있을까.

"그대는 내게 어떤 도움을 줄 수 있지?"

"어떠한 도움을 드리오리까?"

무엇이든 줄 수 있다는 자신만만한 웃음.

"지원군이 올 때까지 이 성이 함락되지 않고 버티는 것."

케트란이 도착하기만 하면 상황은 역전된다.

공성을 하고 있는 연합군을 성과 밖에서 둘러싸 공격한다
면 큰 피해를 입을 수밖에 없었다.

"흠. 그 정도면 괜찮군. 도와드리오리다."

문제없다는 듯 브라간사 공작이 고개를 끄덕였다.

과연 저 말을 믿어도 될 것인가. 저 사내에게 그만한 능력
이 있는 것일까.

'뭐, 적어도 더 나빠지진 않겠지.'

더 이상 나빠질 것도 없다며 가브리엘은 스스로를 위로했
다.

그때, 눈앞의 사내가 단호한 목소리로 말한다.

"단!"

브라간사 공작의 눈이 번뜩였다.

"내 부탁도 하나 들어주어야겠소."

"무엇이지?"

"사르돈 로드리게즈."

"……?"

귀족원장의 이름이 왜 저자의 입에서 나오는 것일까.

"그를 찾는 데 도움을 주어야겠소."

사르돈과 저자의 관계가 어떤 것인지 궁금해졌다.

적인가, 아군인가?

혹 사르돈 사람이라면 그가 실종되고 그의 파벌을 흡수한 가브리엘과 적이 될 수도 있었다.

어쨌거나 지금으로썬 나중의 이야기다.

그건 그때 가서 생각하자.

"약속하겠다."

"좋군."

브라간사 공작이 고개를 끄덕였다.

"그럼 나중에 뵙겠소."

나타날 때처럼 어둠 속으로 스르륵 사라지는 브라간사 공작.

"잠깐!"

가브리엘이 그 어둠을 노려보며 말했다.

"그대의 이름이 무엇이지? 그것은 알리고 가도록."

이미 형체가 사라져 아무것도 보이지 않지만 가브리엘은 보았다.

그 사람, 브라간사 공작이 입꼬리를 올려 웃고 있는 모습을.

"브라간사."

브라간사 공작의 목소리가 희미하게 가브리엘의 귀를 스쳤다.

＊　　　＊　　　＊

"마샬 공작은 늦을 것 같습니다."

볼레로디움 밖 군영.

이도란과 알비란의 연합군 수뇌부들이 총사령관인 에비스 자작의 막사에 모였다.

총사령관의 말에 다른 이들이 고개를 끄덕였다.

"렌빈 대공과 맞붙는 만큼 당연하지요."

"앞으로도 한참 걸릴 것입니다."

북쪽의 강자인 렌빈과 중부의 강자인 마샬.

두 강호의 대결이니 팽팽하게 진행될 것이다. 어쩌면 수도 공성이 끝날 때까지 끝나지 않을 수도 있었다.

언제 끝이 날지 알 수 없는 만큼 언제까지나 기다릴 수도 없었다.

에비스 자작이 입을 열었다.

"그렇다면 총사령관으로서 의견을 내겠습니다. 마샬 공작을 기다리지 않고 우리의 전력으로 먼저 진행하면 어떻겠습니까? 공작께서도 선발로 마법사들을 먼저 보내주신 만큼 저와 같은 생각일 것이라 사료됩니다만……."

"맞습니다. 저 역시 그렇게 생각합니다."

"자작님의 의견에 저 역시 동의합니다."

"하하, 알비란 가문의 후계자다운 생각이십니다."

수뇌들이 에비스 자작의 의견에 맞장구를 쳤다.

"그래도 공작 각하를 기다려야 하지 않겠습니까?"

그때 반대의 의견이 나왔다.

"그게 무슨 말입니까, 아롤 경?"

아롤.

마샬 공작군에서 선발로 보낸 마법사단의 단장이었다.

그 역시 단장이란 직함에 걸맞게 수뇌부이기에 이 회의에
참석했다. 그렇지만 그는 혼자. 이곳에 그의 아군은 아무도
없었다.

"허허, 에비스 자작님의 의견이 마음에 들지 않으십니까?"

"허참."

"쯧쯧."

결국엔 이러한 소리까지 나온다.

"그러면 마샬 공작군은 빠지시든……."

그 말을 하던 이는 아롤이 노려보자 입을 조개처럼 다물었
다.

"책임지지 못할 말은 하지 않으시는 것이 좋습니다."

아롤의 말.

그에 찔끔하는 그다. 그러나 그런 그를 돕는 이가 있었다.

"그 말은 경에게도 해당이 될 것 같습니다만?"

가장 상석에 앉은 이.

에비스 자작이었다.

'하아.'

아롤이 속으로 한숨을 내쉬었다.

대의(大義)가 아닌 자신들의 이득을 위해 모인 연합군이다.

주도권을 잡으려고 하는 것은 이해하지만…….

'대체 저 작자들은 무엇을 하는 것인가.'

이도란 가문의 이들.

따지자면 아롤과 같은 편이다. 그렇지만 모두 알비란 쪽에 붙어 아롤의 편을 들어주는 이는 하나도 없다.

오히려 비웃음을 띠고 있는 이마저 있는 상황.

'견제라는 것인가.'

연합군 내에서의 견제. 그 속의 일 왕자 파벌 안에서의 견제.

질릴 정도이다.

'확 빠져 버려?'

아르낙스는 전적으로 자신의 생각에 맡긴다고 하였다.

참가하는 것도, 빠지는 것도 아롤의 마음.

고민된다.

향후 연합군 내에서 마샬의 입지를 생각하면 빠질 수도 없다. 그러나 참가하는 것도 그다지 끌리지 않는다.

무언가 불길함이 느껴진다.

"어떻게 하시겠습니까? 참가하시겠습니까, 마시겠습니까?"

구렁이가 담 넘듯 공성전 진행은 넘어가고 구성에 대한 논의다.

'뭐, 나를 제외하고 전부 찬성이니 당연한 것이지.'

"빨리 결정하시지요."

에비스 자작이 아롤을 재촉했다.

"참가… 하겠습니다."

가슴속 한편으로 느껴지는 불안감. 그것을 억누르며 아롤은 참가를 결정했다.

"잘 생각하셨습니다. 아마 마샬 공작께서도 같은 생각이셨을 겁니다."

에비스 자작이 미소를 지었다.

"자, 그럼 공성의 진행에 대해 한번 의논해 볼까요?"

부디 저 밝은 목소리처럼 결과 또한 밝길.

자신의 불안감 따윈 기우이길 빌고 또 비는 아롤이었다.

*   *   *

알피나 섬 곳곳이 전쟁의 소용돌이 속에 빠졌을 때,

여기 그 소용돌이를 하나 더 일으키려는 이들이 있었다.

"모든 병력의 배치가 끝났습니다. 명령만 내려주신다면 지금 당장에라도 말이 땅을 박차고 달릴 것입니다."

"후후."

웃음. 그것을 위해 비틀어진 입술.

전체적으로 뱀과 같은 기세의 노인, 말라카 뮤톤이 만족을 표했다.

그의 앞에 서 있는 이는 크란.

크란 그락서스 뮤톤이라는 사연 많은 이름의 주인공이었다.

"마샬의 병력 대부분은 현재 렌빈과 격투 중. 그나마 경계에 배치된 것도 일천이 되지 않지. 후후, 믿는 구석이 있는 것일까? 그렇게 생각하지 않느냐, 크란?"

"아마 그락서스를 믿고 있는 것이겠지요."

"그렇다. 네 형을 믿고 있는 것이겠지."

아이란과 아르낙스가 맺은 계약.

아르낙스의 행보를 보아하면 딱 답이 나오기에 이들은 쉽게 유추해 냈다.

"일만."

말라카 뮤톤이 눈빛을 빛냈다.

"지금 마샬을 치기 위해 준비된 것은 일만이다. 그리고 그락서스를 방어하기 위해 준비한 것은 오천."

"예."

"그락서스 역시 아마 일만 정도일 터. 오천이라면 충분히 막아낼 수 있다."

"예."

말라카 뮤톤의 입가에 새겨진 음흉한 미소가 더 짙어졌다.

"후후, 그렇다면 이것은 어떠냐?"

"무엇이 말입니까?"

"마샬을 치지 않고 그락서스를 치는 것이지."

"……!"

"어떻게 생각하나? 이 왕자 쪽으로부터 받은 연락은 마샬을 괴롭혀 달라는 것. 그락서스 역시 일 왕자 파벌이니 그락서스를 괴롭히는 것 역시 괜찮을 것 같은데. 마샬은 삼천 정도만 보내도 충분하다고 생각한다."

"확실히 파벌로 정리된 이상 킹스로드를 통해 일전의 영지 전을 재개하는 것도 나쁘지 않겠군요."

"후후, 어디까지나 정전(停戰)이지 종전(終戰)이 아니니까."

킹스로드 때는 왕위 계승과 관련되지 않는 모든 영지전 등은 불허. 그렇지만 지금 뮤톤과 그락서스는 각각 이 왕자와 일 왕자에게 몸을 싣고 있었다.

즉, 이 왕자군이 일 왕자군을 공격하는 것은 전혀 잘못된 것이 아니다.

"복수를 해야 하지 않겠나? 네 모든 것을 앗아간 이 아닌가? 아이란 그락서스의 눈을 뽑고 가죽을 벗기고 손발을 자른 다음 마지막엔 그 펄떡이는 심장에 칼을 박아 넣어야 하지 않겠나?"

"……."

"자네의 자리를 찾아야지. 그렇지 않은가?"

"맞습니다."

크란이 고개를 끄덕였다.

"내가 힘껏 도와주겠네, 사위. 자네의 칼끝에서 그락서스는 새로 탄생하게 될 것일세."

그 끝,

과연 무엇이 기다리고 있을까.

크란은 자신의 미래를 생각했다.

'아무것도 보이지 않는군.'

처음 뮤톤에 오며 결심한 것이 있다.

주변에 휘둘리지 않고 자신의 뜻대로 주변 상황을 이끌겠다고. 그러나 요즘에 와선 가당치도 않는 소리.

지금 자신의 존재 가치란 무엇일까?

'그저 그락서스의 씨, 그뿐이겠지.'

그락서스에 개입할 명분.

말라카 뮤톤을 북부의 왕으로 올려줄 계단, 혹은 노예.

어떠한 말로 그를 장식하든 결국 그는 말라카 뮤톤의 노예에 지나지 않는다.

쓰렸다.

속이 너무나도 쓰렸다. 위 속에 있는 위액이 역류할 것 같이 쓰리다.

그만큼 분했다. 그리고 저주했다.

자신을 둘러쌀 상황에.

'피를 더 보고 싶구나.'

그날 밤, 크란이 몰래 백작성을 빠져나가고, 길거리의 거지 한 명 역시 사라졌다.

교외, 비명만이 울려 퍼진다.

*   *   *

그날 후.

뮤톤 백작령이 바쁘게 움직이기 시작했다.

병사들이 이동하고, 물자가 옮겨졌다.

그들의 창끝은 서쪽이 아닌 북쪽으로 향했다.

이제 명령만 떨어지면 그들은 마샬이 아닌 그락서스의 대지를 밟을 것.

앞전에 못 이루었던 꿈.

북의 제왕이 되려는 말라카 뮤톤.

그것을 위해 철저히 준비한 그다.

기다리고 또 기다린 만큼 그는 최적의 때를 맞추어 그락서스로 돌진할 것이다.

모종의 이유로 그락서스가 혼란에 빠졌을 때, 오랜 기다림을 견딘 그 창날이 빛을 발할 것이다.

피를 뿌리는 대전쟁. 그 끝에 서 있을 수 있는 승자는 오직 하나.

그것이 자신이 될 것을 의심치 않았다.

말라카 뮤톤과 크란은 그 순간을 기다렸다.

"어서 오너라, 나의 세상이여."

높은 망루.

그곳에서 배치되어 있는 자신의 군세를 바라보던 말라카 뮤톤이 읊조렸다.

CHAPTER
4

You just activated my trap card.

—Jacklein Defeni

그락서스 백작성.

비상사태로 인해 긴급회의가 소집되었다.

모두가 모인 그 자리. 칼이 입을 엶으로 시작되었다.

"뮤톤 백작령의 창끝이 우리를 향해 돌려졌습니다."

모두의 표정이 심각해졌다.

창끝이 우리를 향한다.

그것은 단 한 가지 상황밖에 없지 않은가.

"마샬이 아닌 우리를 칠 생각인가 보군요."

발론 자작의 말에 모두들 고개를 끄덕인다.

"몰아닥칠 때를 잡고 있겠지. 그동안 숨겨온 패들을 꺼내 공작을 진행하며 혼란으로 인해 전력이 약화된 틈. 그 틈을 노리는 것이다."

아이란의 말에 칼이 덧붙인다.

"일전 백작 각하께서 하신 야로스 자작의 아들 위장 말이군요."

야로스 자작의 아들로 위장.

반란 등으로 그락서스의 배후에 혼란을 일으킨다. 그에 그락서스의 신경은 분산될 수밖에 없고, 뮤톤을 막을 전력은 약화된다.

그때가 바로 뮤톤이 노리는 최적의 때.

일거에 몰아쳐 그락서스 군을 단번에 쳐부수고 그락서스를 점령한다.

"아마 이런 계획이겠지."

아이란의 말에 모두 고개를 끄덕인다.

"실제로 샘슨에게서 연락이 왔습니다. 반란을 일으키란 지령이 떨어졌다더군요."

그동안 샘슨 일당은 아이란의 조종을 받고 뮤톤 백작을 속여 왔다.

예를 들어 병사는 단 한 명도 없지만 백 명이 넘는 병사를 갖추었다는 둥, 야로스 자작령의 유명 인사들이 자신들에게 가담했다는 둥.

그야말로 말라카 뮤톤 백작의 지시를 착실히 따르는 척하면서 실제로는 그냥 속여 넘긴 것.

아마 뮤톤 백작은 샘슨 일당을 심하게 과대평가하고 있을 것이다.

"후후. 뮤톤 백작의 얼굴을 보고 싶군."

말라카 뮤톤 백작이 과연 이 사실을 알게 되면 어떠한 반응을 보일까?

아무리 시간이 흘러도 그락서스 후방에서 일어날 반란이 일어나지 않는다.

샘슨 등은 연락이 끊겼다.

말라카 뮤톤이 분통을 터뜨릴 것은 틀림없었다. 자신의 함정에 자신이 빠져든 것이다.

"그야말로 쌤통, 또 쌤통입니다, 백작 각하."

"후후."

짝짝!

말라카 뮤톤 백작의 일로 분위기가 들떴다.

칼은 그 분위기를 환기시킬 필요를 느껴 손뼉을 몇 번 쳤다.

"자, 그럼 이제 본론으로 넘어가겠습니다."

그에 들떴던 분위기는 가라앉고 모두의 눈에 신중함이 돌아왔다.

"먼저 적들에 대한 정보를 설명하겠습니다. 각자 앞에 있는 문서를 참고하여 들어주시면 감사하겠습니다."

아이란 역시 그의 앞에 놓인 문서를 들어 읽었다.

이미 회의 소집 전 먼저 읽어본 것이긴 하지만 한 번 더 읽어보아 나쁠 것은 없었다.

이것은 뮤톤 백작령에 투입한 첩자의 보고를 그대로 옮겨놓은 것이었다.

뮤톤 백작군 병력 구성.

보병 일만삼천.

기병 이천.

총 일만오천.

일만오천까지 소집이 되었으나, 이천은 영지 내 방어를 위해 남음.

그락서스로 향할 병력은 일만삼천 정도로 파악.

일만삼천의 보병 구성은 일천의 궁수와 칠천의 경장 보병, 오천의 중장보병으로 파악됨.

현재 영지의 경계에 속속 모여들고 있으며, 언제든 그락서스의 땅을 밟을 수 있게 대기하고 있음.

"상당하군요."

"대다수 보병 위주이긴 하지만, 뮤톤 백작령의 중장보병은 절대 무시할 수 없습니다."

일전.

뮤톤과의 전쟁. 그때 중장보병이 제대로 활약할 기회가 주어진다면 그락서스는 큰 피해를 입을 것이다.

"아무래도 이전의 작전을 재사용하는 것은 무리겠지요."

"뮤톤 백작의 참모인 소르만은 그리 만만한 자가 아닙니다."

"맞습니다. 실제로 맞붙진 않았지만 그때와 같은 작전을 구사한다면 이미 겪어본 소르만은 파훼책을 준비해 놓았을 것입니다."

"흐음……."

모두의 입이 조개처럼 꽉 다물어졌다.

그 시간이 영원과도 같이 흐르지 않는 듯 이어졌다.

아마 입을 연 아이란이 아니었으면 정지되어 있는 그림으로 생각했을지도 몰랐다.

"각자 머리를 굴려 의견이 있으면 꺼내보도록 하지. 아무리 사소한 것이라도 좋다. 하찮은 것이라도 좋다. 무엇이든 좋으니 꺼내보도록."

아이란의 말.

그에 도래하는 것은 침묵이다. 그러나 그것은 눈치를 보는 것이 아닌 진정 실효성 있는 계책을 내기 위해 필사적으로 머리를 굴리는 것.

그 침묵은 발론 자작의 의견으로 깨어졌다.

"가만히 생각을 해보았는데, 왜 우리가 방어를 해야 하는 것입니까?"

"음?"

무슨 말을 하냐는 듯 모두의 시선이 발론 자작에게 집중되었다.

"그 이야기는 우리가 공격하자는 것인가?"

"일만삼천, 아니, 저희가 선공할 시 방어하는 병력은 일만 오천이 되겠군요. 그락서스의 병력 역시 일만까지 소집이 가능합니다. 충분히 해볼 만한 숫자입니다."

"계속 말해보게."

"그락서스의 병력 체계는 기병에 특화되어 있습니다. 일만의 병력 중 기병이 이천이긴 하지만 기마만 공급된다면 그 수만큼 증가될 수 있는 것이 그락서스입니다. 그락서스의 병사 중 말을 못 타는 이는 없으니까요. 그런 만큼 압도적인 기병을 이용한 작전을 구사하면 충분히 해볼 만한 것으로 생각됩니다."

"공성은 어찌할 텐가? 기병은 공성에 소용이 없지 않나?"

그에 발론 자작이 빙긋 웃는다.

"공성을 왜 합니까?"

"음?"

"저희의 목표는 뮤튼을 묶어두는 일 아닙니까? 애초 아르낙스 공작 각하와의 계약도 그러했구요."

"그렇지."

"그렇다면 저희는 공성을 진행할 것 없이 그냥 그들의 병력을 묶어놓는 것만으로도 충분히 역할을 다 하게 됩니다. 병력 손실 없이 대치하는 것만으로도 충분하지요. 게다가 우리 측에서 공격을 함으로써 그락서스 백작령이 타격받을 일도 없어집니다. 영지민의 피해 역시 줄어들겠지요."

옳거니!

과연 그러했다.

왜 굳이 피를 흘려야 하나?

꼭 창날을 맞부딪칠 필요는 없었다. 적당한 견제만으로도 그락서스는 제 역할을 다 한 것이라 할 수 있었다.

물론 뮤톤 백작이 적극적으로 달려들면 결국 피를 보아야 할 것이다. 그러나 적당히 치고 빠지고를 반복한다면 피를 보지 않을 수도 있었다.

게다가 전쟁의 무대가 그락서스가 아닌 뮤톤이 됨으로써 영지가 피폐해질 걱정도 덜었다.

"샘슨의 반란이 일어나길 기다리고 있는 말라카 뮤톤 백작의 뒤통수를 시원하게 후려칠 수 있겠군요. 저는 괜찮다고 생각합니다."

칼이 동조하고 다른 가신들도 동조했다.

그때, 소집되어 있던 젤만이 의견 하나를 추가했다.

"기병 중 일부를 따로 독립해 뮤톤 영지 곳곳을 휘젓는 것

은 어떻습니까? 그것에 신경 쓰느라 뮤톤 백작군 역시 주의와
병력이 분산될 것입니다."

"뮤톤 백작령의 영지민들이 피해를 입긴 하겠지만 괜찮은
제안이군."

"신중하게 생각해야 합니다. 지금 상황에서는 수프를 먼저
마시는 일이라고 생각될 수 있지만, 뮤톤 백작령은 일 왕자
파벌이 승리할 시 저희에게 돌아올 영지입니다. 그것을 생각
하면 그 작전에 주의를 기해야 합니다."

아르낙스와의 계약이 그러했다.

뮤톤 백작령을 그락서스에 지급할 것.

만일 그락서스의 기병대가 영지 곳곳을 휘젓는다면?

일 왕자가 승리하고 뮤톤을 점령할 그때 고달파지게 된다.

"그것은 그때 가서 생각하면 되지 않겠습니까? 지금은 지
금의 상황이 우선이라고 생각합니다."

젤만의 말에 아이란이 동의했다.

"맞는 말이다. 우리의 승리를 위해서는 가능한 모든 수단
과 방법을 동원해야지. 지금은 남인 그들을 걱정하기 전에 우
리 영지민을 걱정해야 할 때. 젤만 경의 의견은 나쁘지 않
다."

아이란의 말에 발론 자작 역시 고개를 끄덕였다.

"저 역시 찬성합니다."

그 후 다른 이들도 찬성했다.

자신들도 위급한 상황인데 남을 신경 쓸 여유가 있으랴.

그러한 것은 승리를 챙기고 나서 걱정해도 늦지 않았다.

"이런 이런, 어쩔 수 없군요."

결국 칼 역시 고개를 끄덕였다.

"그럼 다시 회의를 속행하도록 하지."

그락서스 백작성 회의실.

회의는 해가 지고 달이 떠오른 뒤 촛불이 다섯 개는 녹은 뒤에야 끝이 났다.

그 촛불 역시 새벽이 되어 밝아졌기에 끈 것일 뿐.

그야말로 장거리 달리기와 같은 회의였기에 회의를 마치고 나오는 이들의 얼굴은 반쪽이 되어 있었다.

*   *   *

그락서스에서 회의가 이루어지는 만큼 뮤톤 역시 마찬가지다.

뮤톤 백작을 필두로 그들은 그락서스를 공략하기 위해 다양한 의견을 내어 여러 방안을 검토하는 도중, 그락서스를 감시하는 첩자에게서 연락이 왔다.

"그락서스의 병력이 경계에 배치되고 있다고 합니다."

"뭐, 우리의 움직임을 본 이상 당연한 것이겠지. 그래. 엘모로 평원이나 요새에서 진을 치고 있다고 적혀 있나?"

"그러한 것까지는 아직 자세히 파악하지 못했다고 합니다. 추후 자세한 보고를 올리겠다고 적혀 있습니다."

보고에 고개를 끄덕이는 말라카 뮤톤.

"이전과 같겠군. 혹 그때와 같은 전술을 쓰려나?"

데릭 매서크로 인해 중지된 영지전. 그때 그락서스가 사용한 기병을 이용한 포위 섬멸전.

서로의 특성화된 병과인 기병과 중장보병이 벌이는 전술의 대결.

과연 그때의 전술을 재사용하려고 하는 것일까.

말라카 뮤톤의 의문은 그의 참모 소르만이 풀어주었다.

"아마 그때의 전술은 구사하지 않을 것입니다."

"그렇겠지. 이미 한 번 보인 만큼 우리 역시 파훼책에 대해 알고 있으리라 생각할 테니까."

말라카 뮤톤이 생각하기에도 그렇다. 이미 한 번 쓴 전술을 다시 쓰는 것만큼 멍청한 짓은 없으니까.

혹 역의 역을 노린다고 하여도 이미 파훼책을 강구해 두었기에 오히려 환영할 일이다.

"아마 새로운 전술을 가지고 나오겠지요. 과연 어떠한 전술을 들고 나올지 참모로서 기대가 되는군요."

소르만이 슬쩍 미소를 지었다.

"후후, 그것은 전장에 나가서 확인해도 늦지 않겠지. 그렇지만 과연 그락서스 놈들이 그럴 정신이나 있는지 모르겠군.

이제 곧 자신들의 뒤통수를 때릴 일이 벌어지게 될 터인데 말이야."

"그 천한 용병 놈들을 심어둔 것 말이시군요."

샘슨 일당을 말하는 것이다.

야로스 자작의 숨겨둔 아들로 현재 야로스 자작령에서 막대한 영향을 끼치고 있다고 보고가 들어왔다.

그들이 반란을 일으킨다면 족히 수백의 군세가 생성될 수 있다는 샘슨의 보고.

과연 그락서스는 후방에서 일어난 반란에 어떠한 반응을 보일 것인가?

"전체적으로 그락서스의 분위기가 뒤숭숭해지고 군의 사기 역시 엉망이 될 것입니다. 특히 야로스 자작령 출신의 병사들의 이탈도 불러올 수 있겠지요."

숫자도 적은데다 엉망이 된 군대로 뮤톤 백작군을 이길 수 있을까?

'지려야 질 수가 없는 전쟁이 될 것이다.'

뮤톤 백작령이 헛짓만 하지 않는다면 무난한 승리가 될 것이다.

"미리 점령 계획을 세워두는 것도 나쁘지 않겠군."

"방심은 좋지 않습니다, 백작 각하."

말라카 뮤톤이나 소르만이나 둘 다 이미 이긴 분위기였다. 그렇지만 이들은 알고 있었다.

절대 방심을 하면 안 된다는 것을.

그것은 패배를 부르는 지름길이란 것을.

지금의 모습은 자신감의 발로로 끝나야지 자만으로 진화해서는 안 되었다.

*　　*　　*

동쪽에서 몇 번의 해가 떠올랐다.

짧다면 짧은 시간. 그러나 지금 여기 이 사람들에겐 억만 년과도 같은 시간이다.

"왜 보고가 없는 것인가."

말라카 뮤톤의 표정이 어두웠다.

"분명 반란을 일으킬 것이라 하지 않았나. 그 천한 용병은 대체 무엇을 하고 있는 것이지?"

기다린 것이 벌써 며칠째.

그러한 큰 사건이 일어났으면 알고 싶지 않아도 소식은 절로 들어온다.

게다가 그것을 직접 일으키는 입장이니 더 말해 무엇 하랴.

"내 이 천한 놈들의 목을 쳐줄 것이다."

말라카 뮤톤이 분통을 터뜨렸다.

그들을 믿고 병력을 소집해 전방에 배치 중이다.

전쟁이라는 것은 돈을 잡아먹는 괴물. 그 준비 과정 역시 괴물과 같다.

지금 이 시간에도 경계에 배치된 군대는 엄청난 돈을 먹어 치우고 있다.

물론 그 돈이 아깝다고 물릴 수도 없다.

"거참, 이상하군요."

소르만 역시 동의했다.

"혹시 용병들이 그락서스에 모든 것을 털어놓고 그쪽에 붙은 것이 아닐까요?"

소르만의 말에 말라카 뮤톤이 고개를 끄덕였다.

"과연 그럴 수도 있겠군. 애초에 돈으로 맺은 관계. 더 큰 돈이 걸려 있다면 나를 배신할 수도 있겠지. 그러나 그락서스에 내가 제시한 것보다 더 큰 액수를 줄 돈이 있을까?"

샘슨 일당에 투입한 자금은 부자인 뮤톤 백작가로서도 상당한 금액.

이도란만큼의 극빈은 아니더라도 그리 여유롭지 않은 그락서스에서 그러한 자금을 제공할 수 있을까 생각하는 말라카 뮤톤이지만 설마 아이란이 그들의 목숨을 잡아 쥐고 휘두르고 있는 줄은 몰랐다.

"이렇게 된 이상 이번 주까지 반응이 없다면 공격하시지요. 더 유리해지지 않아도 이미 우리가 훨씬 유리합니다."

소르만에 말에 뮤톤 백작은 고심했다. 그러나 그것도 잠깐, 그의 말에 동의하며 그가 명을 내렸다.

"소르만, 마지막의 마지막까지 준비를 철저히 하여라. 다음 주 월요일, 그락서스를 향해 진군한다."

"예, 모두에게 이르겠습니다."

"그리고 크란."

"예, 백작 각하."

"알고 있겠지만 네 역할이 중요하다."

크란이 맡은 것은 선봉의 역할로 그락서스 출신인 만큼 이 중에서 가장 그락서스를 잘 알고 있기 때문이다.

또한 영지의 주민들을 다루기에도 크란이 앞장서는 것이 편했다.

어디까지나 크란은 그락서스의 자식이고 자신의 자리를 찾기 위해 돌아온 것으로 선전될 것이니까.

"네 활약을 보겠다. 너의 전공 고하에 따라 내 후계자의 자린 너에게 물려줄 것이다."

아들인 아마르. 날개이던 사르돈이 죽으며 그도 죽음을 맞았다. 그러한 자세한 사정까진 몰랐지만 이미 아마르를 죽은 이로 여기고 있었다.

그렇기에 데릴사위라고 할 수 있는 크란에게 기회를 주었다.

물론 그 약속을 지킬지는 말라카 뮤튼의 마음.

아예 마음에 들지 않는다면 그를 배제시킬 수도 있었다.

꼭 데릴사위가 아니라도 뒤를 이을 아들이란 그저 낳으면 된다는 사고를 가졌기에.

지금 당장에라도 첩을 들여 아이를 낳게 할 수도 있는 것이다.

'후, 그러고 보면 그 아이는 대체 어디에 소속되어 있는 것이었나.'

아마르는 자신이 소속된 곳에 대해 많은 것을 알지 못했다. 그리고 그 아는 것조차 말라카 뮤톤에게 전부 털어놓지 않았다.

대충 날개라는 존재가 있고, 그 날개의 밑에 깃털이란 존재가 있다는 것은 안다.

거기서 좀 더 들어가면 날개나 깃털이 되는 과정이 무척 험난하다는 것, 스피릿츄얼 오리진이라는 탐나는 기술을 익히고 있다는 것 정도가 말라카 뮤톤이 아는 전부였다.

그중 자신의 아들 아마르는 날개에게 특혜를 받아 깃털이 될 수 있었다.

깃털에는 그라나니아 곳곳에서 이름을 떨치는 이들이 포함되어 있었다. 그들의 도움을 받기도 했다.

간간이 로이드나 아마르가 몇 가지 사실을 가르쳐 주긴 했지만 그 역시 전부 의문이었다.

그들의 도움을 받긴 했지만 모르겠다. 의문스러웠다.

생각하니 꼬리에 꼬리를 물고 갖가지 사실이 부상했다.

그중 하나.

'그러고 보니 로이드 역시 실종됐다.'

뮤톤 백작가의 집사로 일하고 있던 로이드.

그의 진실된 정체는 검은 칼날이라는 특급의 암살자였다.

그 역시 깃털 중 하나.

대체 어디로 사라진 것일까?

아니, 자신이 알고 있는 깃털은 하나같이 전부 사라졌다. 인페르노 소드라든지 블리자드 위치 등이 증발한 것과 같이 흔적도 없이 사라졌다.

그렇게 계속될 것 같던 말라카 뮤톤 백작의 생각은 외부적인 요인으로 인해 깨어졌다.

아니, 깨어지는 정도가 아니라 아예 날려 버렸다.

콰앙!

"무슨……."

부서질 듯 문이 열렸다. 모두의 눈살이 찌푸려지고 소르만이 그 무례를 탓하려고 입을 열었으나 그 입은 그대로 굳어버리고 말았다.

"침공입니다!!"

"……."

침공이라니? 대체 그게 무슨 말인가?

이 순간 이 회의실 내 모든 이의 머릿속은 굳어 있는 것과 마찬가지였다. 그러나 이어진 말은 그 굳은 머리를 단숨에 깨뜨려 주었다.

"그락서스가 우리 영지를 침공했습니다!"

"그, 그게 무슨 말이냐!"

"그락서스가 우리와의 경계를 넘어 진군했습니다!"

충격만이 회의실에 남았다.

모두들 할 말을 잃었다.

* * *

그 시각.

뮤톤 백작가를 정신 붕괴에 몰아넣은 주인공들은 그와는 백팔십도 반대로 여유가 흘러넘쳤다.

"후후, 지금쯤이면 뮤톤 백작에게도 소식이 전해졌겠지. 놀라 얼이 빠져 있겠군."

침공을 생각했다가 침공을 당했다.

이 얼마나 놀랄 일인가. 그 반대인 그락서스의 입장에선 통쾌할 일이지만.

"자, 그렇다면 이제 곧 헤어져야겠군. 준비는 잘해두었나?"

아이란의 물음. 그것은 발론 자작의 뒤에서 따르고 있는 인물에게 향한 것.

그 인물, 센리온은 잔잔한 미소를 지었다.

"예, 삼백의 부대원 중 경계병과 전투로 중상을 입은 이 등

을 제외한 이백여덟이 대기 중입니다. 언제든 작전을 수행할
수 있습니다."

작전.

그것은 일전 회의에서 나온 독립 부대를 편성해 뮤톤 백작
령 곳곳을 휘젓고 다니는 것을 뜻했다.

지휘할 인물로는 센리온이 확정되었다.

보병 출신이지만 그락서스의 사내답게 기병으로도 손색이
없어 경험을 키워주기 위해 그를 편성한 것. 그렇지만 그 자
신의 재능과 실력 역시 충분해 문제는 없었다.

"경로는 정했나?"

작전에 대한 것은 전부 일임한 상태.

이 사내의 실력을 확인하기 위해서 수뇌들은 약간의 도움
을 주었으나 결정적인 도움은 주지 않았다.

"예. 뮤톤 평원을 시작으로 남하하다 서쪽으로 튼 후 북상
하다 다시 꺾어 내려올 생각입니다."

아이란의 본대와 뮤톤 군이 대치를 하고 있는 것을 적극적
으로 활용할 생각.

본대와 뮤톤 군이 북쪽에서 전투를 벌인다면 시선은 그쪽
에 집중될 터.

나쁘지 않았다.

"괜찮군."

그 반응에 당연하다는 듯한 센리온. 자부심이 가득 느껴지

는 표정이다.

물론 그 경로를 짜내기 위해 지도를 두고 몇날 며칠을 고민한 것을 볼 때 당연한 결과이기도 했다.

"그러고 보니 이 길을 통해 수도로 향했지."

지금 걷는 이 길.

국장에 참여하기 위한 수도행에서 걸었던 길이다. 그런데 지금은 군대를 이끌고 걷고 있다.

사람 일은 정말 모르는 것이다.

무엇 하나도 후에 어떻게 될지 알 수가 없었다.

아이란이 작은 감상에 젖어 있는 사이, 다른 이들은 바쁘게 움직였다.

혹시 모를 함정 등에 대해 쉴 새 없이 주변을 살피는 수색병들, 장비를 점검 중인 기사와 병사들 등.

이후에 벌어질 전투에 최선을 다하기 위한 준비였다.

두두두두두두!

"충성! 보고드리겠습니다!"

전방을 수색하러 나갔던 이가 돌아왔다.

"말해보도록."

"이곳으로부터 약 10밀레 파수스(Mille Passus) 정도 떨어진 뮤톤 평원에 있던 뮤톤 백작군은 그대로 그곳에서 수비를 위한 준비를 갖추고 있습니다. 인근의 성이나 요새로 후퇴하려는 움직임은 보이지 않고 있습니다."

"흠. 그곳에서 우리를 막아서려나 보군."

딱히 나쁠 것은 없었다.

어디까지나 아이란으로선 뮤톤의 시간만 끌면 되기에. 오히려 그들이 성이나 요새에 들어가 방어하는 쪽이 더 좋았다.

그편이 센리온의 부대가 뮤톤 백작령을 휩쓸기 수월하기도 하고.

"그렇다면 우리도 이곳에 군영을 세우기로 하지."

뮤톤 평원의 초입.

탁 트인 평원이라 방어에 도움을 줄 절벽 등은 없지만 공격하는 측에서도 딱히 이점은 없었다.

한눈에 보이는 개활지이기에 공격하는 것을 숨겨줄 엄폐물 등이 없기 때문.

혹 기습을 한다고 하여도 보급으로 가져온 목재와 짐들을 싣고 온 마차와 수레 등으로 목책을 쌓는다면 꽤 효과를 볼 수 있었다.

게다가 거리 역시 나쁘지 않았다.

10밀레 파수스.

약 1만 파수스(15km)의 거리.

말이라면 모를까 보병, 그것도 중장보병 위주의 뮤톤 백작군에게는 꽤 먼 거리다.

무기와 방패라는 무거운 짐에 개인을 위한 보급품 까지 짊어진 병사들은 족히 네다섯 시간은 걸어야 하는 거리이다.

이 정도면 괜찮은 위치였다.

'아예 전투가 벌어지지 않는 것이 최상이지.'

서로 대치만 하는 상황으로 끝이 나도 그락서스의 입장에선 아쉬울 것이 없다.

그락서스의 입장에선 뮤톤 백작군을 잡아두는 것만으로도 성과였다.

'결국 중요한 것은 킹스로드의 결과.'

일 왕자가 이기냐, 이 왕자가 이기냐.

그 결과에 따라 지금 이 뮤톤 백작과의 전장에서도 승부가 결정 난다.

막말로 그락서스가 뮤톤 백작령과 혈투 끝에 승리해도 킹스로드에서 이 왕자가 승리해 버린다면 답이 없다.

굴복하고 쥐 죽은 듯이 영지에 처박혀 지내거나 영지를 빼앗기거나.

애초부터 이러한 것에 참여하지 않고 중립의 입장이어야 했다는 의견이 있었다.

그렇지만 그것은 하나만 알고 둘은 모르는 소리.

자신들을 노리는 뮤톤 백작. 그는 이 왕자와 결탁했고 이 왕자가 승리한다면 그 힘을 등에 업고 그락서스로 쳐들어왔을 것이다. 그렇기에 아이란으로서는 일 왕자에 힘을 실어주어야 했다.

어차피 뮤톤 백작과는 결판을 내야 했기에 후회는 없었다.

크란의 문제부터 시작하여 아마르 등 쌓인 문제는 많았다.

지금 중요한 것은 현재의 상황에 충실하는 것.

그를 둘러싼 상황이 어떻게 되든 간에 결국은 시간이 흐르는 대로 흘러갈 것이다.

'뭐라고 하는지도 모르겠군.'

뭐라 많은 생각을 한 것 같기에 멋쩍은 웃음을 지어 보이는 아이란이었다.

*   *   *

군영이 세워지고, 밤이 깊었다.

달빛을 구름이 막고 있기에 매우 어두운 밤이었다.

행군으로 지친 이들에겐 잠이 최고의 보약이기에 경계를 서는 이들을 제외하곤 모두 잠에 깊게 빠져들었다. 아니, 깊게 빠져든 듯했다.

군영에서도 구석.

전체적으로 은밀한 곳에 세워진 막사에서 움직임이 있었다.

그곳엔 경계를 서는 이들도 적고 등불도 없었다. 그렇기에 무언가를 꾸미기에 좋았다.

그 움직임은 요란스러움과 백팔십도 달라 침착하고 또 침착했다.

아주 잠깐, 구름 사이로 달빛이 비추어졌다. 그 달빛으로 인해 드러난 광경.

그것은 일사불란하게 정렬된 군대의 모습.

잘 손질된 갑옷을 입고 무기를 들었으며 말을 한 필씩 옆에 세워둔 기병의 모습이었다.

말의 입에는 재갈이 씌워져 있어 울음소리가 나지 않았다.

"이제 출발할 시간이군."

"예, 들어가 보시지요, 백작 각하."

그 모습을 지켜보는 이들, 바로 아이란과 센리온이었다.

간소한 복장의 아이란과 달리 센리온은 그야말로 완전무장. 그가 바로 저 부대의 대장이기에 당연하다면 당연한 복장이다.

"무운을 빌도록 하지."

덕담과 함께 아이란은 품에서 단검 하나를 꺼내어 건네주었다.

화려하지도 투박하지도 않은 그저 무난한 단검.

그렇지만 이 단검엔 아주 중요한 뜻이 담겨 있었다.

생사여탈권과 지휘권 등을 비롯, 모든 권리를 이 단검의 소지자에게 맡긴다는 대리인의 증표.

이 단검과 함께하는 한 그는 그락서스 백작의 대리인이었다.

칼집에서 꺼내어보니 시퍼렇게 날이 선 검날이 모습을 드러냈다.

상징성뿐 아니라 충분히 무기로도 사용할 수 있는 물건이
다. 만일의 상황에 대비해 단순한 장식이 아닌 한 수가 될 수
있게 실용성을 갖춘 것이다.

"감사합니다."

"그럼 가보도록 하게."

"예. 내려주신 사명, 반드시 완수하겠습니다."

센리온을 비롯한 기병이 군영을 몰래 빠져나갔다.

이제 저들은 뮤톤 백작령 전역을 돌며 임무를 완수할 것이
다.

저 어둠 너머로 사라지는 그들을 바라보며 아이란은 생각
하고 또 생각했다.

'하늘의 열두 신이시여, 이들에게 무운을 내려주소서.'

*   *   *

"쏴라!"

툭, 슈우우우웅!

평상시라면 절대 볼 수 없는 광경.

날개도 달려 있지 않은 거대한 바위가 허공을 날았다. 그렇
지만 날개도 없는 것이 계속 날 수는 없는 법이다.

그것은 그대로 거대한 성벽을 향해 떨어졌다.

그에 성벽에서 불빛이 번쩍였다.

슈우우우웅!

쾅!

거대한 불덩이가 날아가 바위를 터뜨렸다. 거대한 바위는 자갈의 비가 되어 땅에 떨어졌다. 그렇지만 이것이 끝이 아니었다.

자연현상에 반하는 바위는 한 개만 있는 것이 아니기 때문이다.

쾅, 쾅, 쾅, 쾅, 쾅!

후두두두두두두두둑!

자갈비가 수없이 쏟아졌다.

어제부터 쏟아졌기 때문.

방패로 그 자갈비를 막고 있는 성벽 위 병사들은 이골이 난 표정. 그러나 그것도 잠시, 자갈비가 끊기고 성벽 아래의 이들이 준비하는 것을 볼 때는 공포가 깃들었다.

성벽 아래 이들이 지팡이를 모아 거대한 빛 덩이를 만들어 내고 있었다.

어제 저 무시무시한 것이 성벽에 어떠한 충격을 일으켰던가.

지금은 굳건하지만 금방이라도 무너질 것 같던 그때의 울림을 공포스런 감각이 되새겨 주었다.

그것을 막기 위해 화살을 날려보고, 우리 쪽의 마법사들 역시 불덩어리, 번개 등을 쏘아 보내기도 했으나 실패.

마침내 저 무시무시한 빛은 집채만 한 크기로 커졌다. 그리고 그것은 성벽을 향해 느릿느릿 날아왔다.

제지를 하기 위해 온갖 수를 써보아도 소용없었다.

슈우우우우우우, 쿵!

마침내 빛 덩어리가 성벽과 부딪쳤다.

지진과도 같은 거대한 진동이 울렸다.

금방이라도 무너질 것 같았다.

성벽에 적용된 마법의 힘으로 다행히 버텼지만 이것도 얼마 가지 못할 것 같았다.

그때, 병사들의 귀에 절망을 주는 아군 마법사의 절규가 들렸다.

"방어 마법진이 더 버티지 못하고 터져 버렸습니다!"

병사들의 얼굴에 희망이 사라졌다.

그들의 눈에 저 성벽 아래에서 다시 모이고 있는 빛 덩어리가 보였다.

다음번 저 빛 덩어리가 성벽을 덮칠 때, 이 성벽은 무너질 것이다.

세상의 종말이 다가온 것과 같은 심정.

아니, 세상의 종말은 아니더라도 인생의 종말은 찾아올 것이다.

마침내 빛 덩어리가 집채만 한 크기로 몸집을 키웠다. 그리고 느릿느릿 성벽을 향해 다가오기 시작한다.

체념하는 이들도 있고 울음을 터뜨리는 이들도 있다. 도망치는 이들도 있고 주저앉은 이들도 있다.

성벽 위의 병사들은 그렇게 죽음을 기다렸다.

그때, 그들의 곁으로 누군가가 다가왔다. 그렇지만 병사들은 죽음에 앞서 주마등을 경험하느라 그 사람에게 신경을 쓸 여유가 없었다.

그러거나 말거나 그는 옆에서 울고 있는 병사의 손에서 슬며시 창을 넘겨받았다. 병사는 패닉 상태라 누가 자신의 창을 챙겨 가든 말든 상관없었다.

"흐음."

상황과 어울리지 않는 한가한 모습.

그는 여유롭게 빛 덩어리가 다가오길 기다렸다.

빛의 덩어리가 바로 앞까지 다가왔을 때, 드디어 그는 행동을 개시했다.

그의 손에 들린 창에서 눈부시도록 찬란한 빛이 솟구쳤다.

벨라토르들이 본다면 깜짝 놀랄 것이다. 그것은 최고 수준인 6단계의 벨라토르만이 구사할 수 있는 하이어 리히트니까.

그 빛은 그대로 소용돌이가 되어 창을 감쌌다.

다른 이들이 본다면 마치 사람이 바람을 쥐고 있는 듯한 모양새.

그는 그대로 창을 쥔 손을 뒤로 당긴 뒤 발을 뻗어 강하게 대지를 밟으며 창을 내질렀다.

평범한 창의 찌르기와 같은 자세. 그러나 그 평범함도 그 평범함을 위해 구성된 재료가 어떠한 것인가에 따라 천차만별로 결과가 달라진다.

바로 지금처럼.

폭풍.

창에서 칼날과도 같은 폭풍이 쏟아져 나왔다.

폭풍은 빛 덩어리를 감싸 난도질하며 분해했다.

그 믿지 못할 광경에 성벽 위나 성벽 아래나 모두 멍하니 그 광경을 지켜보았다.

마침내 폭풍이 사라졌을 때, 성벽을 위기로 몰아넣은 마법은 사라지고 없었다.

"내, 내가 꿈을 꾸고 있는 것인가?"

공격을 한 성벽 아래나 당한 성벽 위나 같은 생각이었다.

이 비현실적인 광경에 볼을 꼬집어보는 이들도 있었다.

어찌 됐든 자신들을 위협하던 마법은 사라졌다.

그것은 현실이다.

"우와아아아아아!!"

"살았다!!"

성벽 위의 이들이 환호성을 질렀다.

　　　　*　　　*　　　*

　우와아아아아아!!

　성벽 위의 환호성이 성벽 아래로 울려 퍼졌다.

　그와 반대로 성벽 아래는 도저히 믿기지 않는 상황에 할 말을 잃었다.

　특히 연합군 총사령관인 에비스 자작은 그대로 굳어버렸다.

　대체 어떻게 된 일인가?

　대체 무엇이 있어 알비란과 마샬, 이도란의 마법사들이 힘을 모아 준비한 마법을 날려 버릴 수 있단 말인가.

　'이 왕자 측에 엘더 마구스라도 있단 말인가.'

　마법의 최고위 경지에 오른 신적인 존재 엘더 마구스가 이 왕자 측에 가담했단 말인가?

　이 왕자가 엘더 마구스와 끈이 있던가?

　'아니, 엘더 마구스라도 저러한 모습을 보여줄 수 있는가?'

　직접 보진 못했지만 신적인 존재인 엘더 마구스라도 저러한 모습을 보여줄 수 있을지 의문이다.

　세 가문의 마법사들이 선보인 공성 마법인 '라의 철퇴'는 그야말로 그랑마구스라도 펼치기 힘든 마법.

　그러한 마법을 저리 손쉽게 막다니.

'아니, 막을 수 있다면 왜 어제는 막지 않았는가?'

꼬리에 꼬리를 물고 갖가지 의문이 에비스 자작의 머릿속을 지배했다.

해답이 없는 수수께끼.

아무리 고민하고 또 고민해 보았지만 답이 나오지 않는다.

그 후, 라의 철퇴는 한 번 더 성벽에 가해졌다. 그렇지만 어김없이 폭풍의 창이 철퇴를 찢어버렸다.

성벽 위의 사기만 더 높아졌기에 에비스 자작은 오늘의 공격의 막을 내렸다.

＊   ＊   ＊

공성이 실패한 후 총사령관의 막사로 수뇌부가 모였다.

수많은 사람이 모였건만 막사의 안은 오직 정적, 침묵만이 자리했고, 그것은 곧 깨어졌다.

쾅!

"대체 그것이 무엇인가!"

꽉 쥐어진 주먹이 탁자를 내려쳤다. 격한 감정 탓인지 아직도 손이 부들부들 떨리고 있다.

그 손의 주인공 에비스 자작은 사람들을 노려보았다. 그에 사람들은 고개를 숙이며 그 시선을 피할 뿐이다.

"알트론 경."

그의 시선이 땅으로 고개를 처박아두고 있는 늙은 마법사를 향했다. 그는 알비란 마법사단의 수장이었다.

"대체 그 폭풍은 무엇이었소? 우리 연합군의 전력을 모은 마법 공격을 붕괴시킨 그 폭풍 말이오!"

"그게… 저도 잘 모르겠습니다."

쾅!

거친 충돌음이 다시 막사 안에 울렸다.

"모른다니! 모른다니! 그게 무슨 말이오! 몰라도 알아야 될 것 아닌가!"

에비스 자작의 고함에 움찔하는 노마법사. 그러나 그로서도 죽을 맛이었다. 자신 역시 처음 보는 것. 무엇을 알아야 대답을 하든 말든 할 것이 아닌가.

그때였다.

펄럭!

문이 걷히고 한 인물이 들어섰다.

"호오, 드디어 귀하신 몸이 오셨군. 이리 누추한 곳에 모시게 되어 황송하나이다."

에비스 자작의 빈정거림에 아롤이 한숨을 내쉬었다.

처음엔 그나마 예의를 차려주었지만 날이 갈수록 심해진다. 한 인간의 끝을 보는 것과 같다고나 할까?

"늦어서 죄송합니다. 오늘 보았던 그 현상에 대해 잠깐 생각 좀 하고 오느라 늦었습니다."

아롤의 말에 기분 나쁜 미소를 짓는 에비스 자작.

"이것 참, 오랫동안 공부하신 우리 알트론 경께서도 모르는 사실을 젊은 아롤 경이 아신다니, 영지로 돌아간다면 경을 초대하여 알트론 경에게 가르침을 내리게 하고 싶군요. 아니, 오늘 밤에라도 수업을 좀 해주시죠."

아롤의 얼굴이 굳어지는 것은 말할 것도 없고 알트론의 얼굴 역시 붉게 달아올랐다.

"크흠!"

자신 역시 조금은 심했다고 느끼는지 헛기침을 하는 에비스 자작이다.

"그래, 그 빌어먹을 현상이 무엇이라 생각하오?"

에비스 자작의 물음에 아롤은 다소 자신감이 없는 목소리로 답했다.

"확실한 것은 아니지만… 제 생각에는 리히트라 생각됩니다. 그것도 정제되고 또 정제된 하이어 리히트를 운용하여 발생시킨 것으로 생각됩니다."

"하이어 리히트라?"

"예. 그 오로라의 파장은 마법이라기보다는 리히트에 가까웠습니다. 마법적으로 보이는 요소가 가미되긴 했지만……."

"흐음."

에비스 자작이 생각에 빠졌다. 그사이 아롤은 자신의 자리에 앉았다.

"그렇다면 그것에 대해선 어떻게 대처해야 한다고 생각합니까?"

"그것은 저도 잘 모르겠습니다."

아롤이 고개를 저었다.

"결국 아무것도 아는 게 없단 것이군요."

다시 빈정거리는 투다.

'그래, 차라리 이것이 낫다.'

믿을 수 없는 가식보다는 이런 취급이 낫다. 이러한 자와 함께 싸워야 한다는 사실이 서글프지만 어쩔 수 없지 않은가.

자신의 주인 아르낙스 공작이 최대한 빨리 합류하길 바랄 뿐이다.

어쨌든 그것은 그것이고 이것은 이것이다.

사적으론 상종도 하기 싫은 에비스 자작이지만 이것은 공적인 임무.

자신이 생각하는 것을 밝혀 승리에 도움이 되어야 한다.

"그렇지만……."

"그렇지만?"

"차라리 마법 공격은 강력한 일회성 공격이 아닌, 여러 방향으로 폭격을 가하는 방식이 나을 것이라 생각됩니다. 혹은 리히트를 섞는 마법을 사용하든가 말입니다."

"폭격, 그리고 리히트라……. 괜찮아 보이는군."

에비스 자작이 턱을 쓰다듬으며 알트론에게 눈짓했다.

"제 생각에도 괜찮아 보입니다, 자작님."

알트론이 동의하자 에비스 자작은 고개를 끄덕였다.

"다른 이들은 좋은 방도가 없소?"

"자작님의 의견이 가장 괜찮아 보입니다."

"맞습니다. 틀림없이 성공할 것입니다."

어느새 아롤의 의견은 에비스 자작의 것으로 뒤바뀌어 있었다.

눈 뜨고 코가 베인 상황. 그러나 애초부터 기대하지 않은 아롤이다.

그렇게 그날이 저물고 다음날이 되었다.

"공격!"

마법사들의 지팡이에서 각양각색의 빛이 성벽을 향해 쏟아졌다. 어제와 같이 성벽 위에서 칼날과도 같은 회오리가 쏟아져 나왔으나 쏟아지는 공격을 혼자 막는 것엔 한계가 있어 전부 막아내지는 못했다. 그렇지만 비교적 강력한 공격은 차단하고 있어 공격하는 쪽 역시 큰 피해는 주지 못하고 있었다.

결국 성벽에 살짝 타격을 주는 정도로 그날의 공성은 마쳐야 했다.

이대로 시간을 들여 계속 공격한다면 이 성벽을 넘을 수 있을지도 몰랐다.

그렇지만 속전속결, 전쟁에 소요되는 각종 재화 등의 문제가 사람들을 압박하기에 최대한 빨리 전쟁을 끝내야 했다.

그 후 소집한 회의에서 에비스 자작은 사람들, 특히 아롤에
게 짜증을 내며 대책을 강구했다. 그렇지만 딱히 나오는 것은
없었기에 회의를 파하고 사람들을 내쫓았다.

"젠장!"

꿀꺽꿀꺽!

쾅!

독한 술을 가득 따라 단숨에 들이켠 에비스 자작이 컵이 부
서지도록 탁자를 찍었다.

그 진동에 술병이 넘어져 술이 쏟아졌다.

"이런, 이런, 아깝잖아."

뜬금없는 목소리. 정신이 번쩍 든 에비스 자작. 그가 소리
쳤다.

"누구냐!"

스륵.

어둠 속에서 나타난 존재.

에비스 자작이 칼을 뽑아 겨누거나 말거나 그는 쏟아진 술
병을 잡아 입으로 가져갔다.

"흐음, 꽤 좋은 술이네?"

꿀꺽꿀꺽.

칼을 겨누는 에비스 자작은 신경도 쓰지 않고 술을 마시는
그.

"누구라고 묻지 않느냐!"

역정을 내는 에비스 자작 따위는 무시하고 넉살좋게 안주로 놓아둔 음식까지 집어먹는 그다.

그에 참지 못한 에비스 자작이 검을 휘둘렀다.

이 건방진 놈의 정체를 묻기 전에 팔 한 짝이라도 잘라낼 생각이었다. 그러나 그 생각은 미수에 그쳐야 했다.

여전히 한 손으론 술을 마시는 그였지만, 나머지 한 손, 그것도 맨손으로 에비스 자작의 칼날을 붙잡았기 때문이다.

"뭐가 그렇게 급한 거야? 조금 진정해 보라고, 소년. 아, 중년인가?"

"이 자식이!"

에비스 자작이 손에 쥔 검에 힘을 주었다. 저 건방진 자식의 손가락을 모조리 동강내 버릴 의도이다. 그렇지만 그는 곧 제풀에 지쳐 버렸다. 아무리 힘을 주어도 검날은 꿈쩍도 하지 않았다.

결국 그는 손에서 검을 놓았다.

"대체 너는 누구냐? 아니, 당신은 누구십니까?"

결국 항복하는 에비스 자작. 그에 씨익 미소를 짓는 그.

"나 말이야?"

"예. 대체 당신은 누구십니까?"

그의 미소가 짙어진다.

"네게 도움이 될 사람."

"도움?"

"그래, 도움. 도움이 필요하지 않아?"

"대체 무슨 도움이 필요하단……."

그때, 에비스 자작의 머릿속에 스치는 광경. 어제오늘 지겹도록 본 광경이다.

"설마?"

"후후. 그래. 아마 네가 생각하는 그 문제가 맞을 거야."

"정말 도움을 주실 수 있습니까?"

"그래. 나라면 도움을 줄 수 있지."

"대체 당신은 누구십니까? 대체 제게 무엇을 원하시기에 도움을 주시겠다는 것입니까?"

"자자, 진정하고 우선 앉아. 그리고 하나씩 물어보도록 해. 전부 들어줄 테니까."

여유롭게 말하는 그의 모습에 에비스 자작은 결국 자리에 앉았다.

"당신은 대체 누구십니까?"

"다음."

"예?"

"다음이라고."

"아니, 대답을……."

"내가 들어준다고 했지 대답을 해준다고 하지는 않았잖아? 그러니 어서 물어보도록 해. 마음 내키면 대답해 줄 수도 있으니까."

에비스 자작의 얼굴이 괴상망측해졌다.

대체 이 작자의 정체가 무엇인가! 또 이런 말도 되지 않는
소리를 지껄이는 이유가 무엇인가! 게다가 이러한 소란이 일
어났는데 경호병은 왜 오지 않는 것인가!

갖가지 생각이 꼬리에 꼬리를 물고 에비스 자작을 덮친다.

그 모습을 유심히 지켜보며 미소를 짓던 그가 입을 열었다.

"슐레스비히."

"예?"

"슐레스비히. 그게 내 이름이다. 기억해 두도록. 네게 도움
을 줄 수 있는 사내이니까."

슐레스비히 공작.

그가 연합군과 접촉했다.

CHAPTER
5

한 시간.

One hour.

두 진영이 평원에 자리 잡고 며칠의 시간이 흘렀다.

그 사이 양 진영은 서로의 동태만 살필 뿐 무력 충돌은 없었다. 하지만 다들 느끼고 있었다.

쌓여 있는 기름통, 일촉즉발의 상황.

언제든 불만 붙는다면 활활 타오를 것이다. 그리고 그 불이 붙을 시간은 그리 멀지 않았다.

과연 그 누가 먼저 그 불을 붙일 것인가.

* * *

그락서스 쪽의 군영.

노을이 지고, 달이 빛을 밝힌다.

병사들이 저녁을 먹은 뒤 쉬고 있을 때, 수뇌들은 아이란의 막사에 모여 있었다.

"지금대로만 흘러가도 저희 쪽에는 더없이 좋습니다."

"그렇지. 그렇지만 이대로 흘러가지만은 않을 것 같군."

"백작 각하의 말씀이 맞습니다. 우리와 저들은 입장이 다르니까요."

각각 진행 중인 전쟁도 전쟁이지만, 무엇보다 중요한 것은 전장이 펼쳐져 있는 곳이 뮤튼 백작령이라는 것.

그것도 뮤튼 백작령 최대의 곡창지대인 뮤튼 평원이다.

이제 곧 씨를 뿌려야 할 파종 시기가 돌아온다. 이대로 전쟁이 계속된다면 올해 뮤튼 평원의 농사는 쉬어야 할 판.

게다가 파종 시기 직전에 끝이 난다 하여도 문제다. 사람과 말에 의해 망가진 농토를 복구하는 것에 시간이 걸리기 때문이다.

결국 올해 뮤튼 백작령의 수입이 급감하게 되는 것이다.

한 해 정도로는 그리 큰 타격이 아니다.

그렇지만 피해가 누적된다면,

만일 이 전쟁이 몇 년이고 지속된다면,

일 왕자와 이 왕자의 전쟁이 끝나지 않는다면…….

뮤튼 백작령 입장에선 마음이 급해질 수밖에 없었다.

"지금보다 더 군영 방비를 철저히 하도록. 언제든 기습에 공격당할 수 있다. 기병이 달린다면 순식간에 당도하는 거리다. 적지는 적지. 병사들에게도 마음 놓지 말도록 전하게."

"예."

발론 자작이 믿음직하게 고개를 끄덕였다.

그때였다!

땡땡땡땡땡!!

"적습이다! 적이 나타났다!"

비상 타종이 울리고, 당황한 병사들의 고함이 귀에 꽂혔다.

발론 자작의 얼굴이 팍 구겨졌다.

"야만족도 제 말 하면 온다더니 그놈들도 귀족은 못 되는군요."

탁!

발론 자작이 허리춤에 달린 검의 손잡이를 만지작거렸다.

"그럼 나가보도록 할까. 먼저 일어서겠습니다. 가자, 제군들!"

발론 자작을 필두로 무관들이 막사를 나갔다.

"저희도 나가보도록 할까요?"

아이란과 칼 역시 막사 밖으로 나왔다.

적습에도 우왕좌왕하지 않고 절도 있는 모습으로 적을 맞이할 준비를 끝낸 병사들이 간부들의 지휘 아래 굳건히 무기를 들고 저 멀리서 달려오는 적들을 노려보았다. 괜히 막대한 비용을 들여가며 정예병을 육성하는 것이 아니다.

그사이 기병들이 출진할 준비를 끝냈다.

보병들이 진채를 방패 삼아 기습을 방어하고, 저들이 후퇴한다면 즉시 말을 달려 추격할 것이다.

두두두두두두두!!

말발굽이 대지를 두들기는 소리가 점점 커져간다.

이미 들킨 만큼 말의 심장이 터져라, 다리가 부서져라 달리는 적들이다.

그것을 바라보는 병사들. 새까만 어둠 속을 달려오지만 저 달려오는 말들과 기병들, 그들의 눈동자가 다 보이는 것 같았다.

"쏴라!"

슈슈슈슈슈슈슉!!

달려오는 기병들을 향해 화살이 쏘아졌다.

히이이이이잉!

"으아아아악!"

수레와 짐 등으로 쌓은 목책이기에 높이가 낮아 화살을 쏠 수 있는 시야를 확보하면서도 기병의 침입을 저지할 수 있었다.

물론 기병들이 작정하고 육탄 돌격을 한다면 오래 버티지 못하겠지만, 그로 인해 소모되는 적의 병력만으로도 충분히 가치가 있었다.

"쏴라!"

슈슈슈슈슈슉!!

앞 열이 무너져 혼란에 빠진 적 기병들에게 화살이 박혔다.

말이 넘어지고 사람이 추락해 인마가 뒤섞였다. 그렇지만 그러한 혼란의 과정 중에서도 살아남은 이들은 달리고 또 달렸다. 그리고 순식간에 목책에 다가와 품에서 무엇인가를 꺼내 안으로 던져놓곤 곧바로 후퇴했다.

와장창!

무엇인가 깨지고, 축축한 액체가 군영 곳곳을 덮쳤다. 당연히 뒤집어쓴 병사들도 존재했다.

"악!"

"이게 뭐야!"

막대한 피해를 감수하고 돌격한 만큼 이유가 있을 것이다. 향긋한 냄새가 코끝에 느껴진다. 원인은 보나마나 그 액체.

"이, 이것은!"

그 냄새를 맡은 칼의 안색이 시꺼멓게 죽었다.

"우담입니다!"

"우담?"

"어서 빨리 병사들을 대피! 물, 아니, 마법사들의 도움을 받아야 합니다!"

칼이 목이 시뻘겋게 변할 정도로 고함쳤다.

"어서요!"

그에 전령이 급히 마법사들의 막사로 출발했다.

"대체 우담이라는 것이 무엇인데 이러하는가?"

아이란의 물음에 칼이 답했다.

"정확히는 우담 기름입니다. 그라나니아가 아닌 대륙에서 나는 우담이란 꽃으로 짠 기름으로 귀족들이 사용하는 향유 이지요."

"향유?"

"예. 같은 무게의 금보다 더 비싼 향유입니다. 이 기름으로 불을 피우면 마치 천상의 향기와 같은 향기가 맴돈다고 합니다."

불을 피운다.

여기서 느낌이 온 이들의 눈빛이 굳었다.

"아마 생각하시는 것이 맞을 겁니다. 이 우담으로 불을 피우면 단 몇 방울만으로도 거대한 불이 일어나지요. 그러니 당장 마법사들을 불러와 치워야 합니다. 최악의 경우 군영 전체가 화마에 한 줌 재로 화할 것입니다."

"마법사들은 전쟁에 동원……."

"적극적 가세만을 막을 뿐입니다! 마법으로 공격을 하지만 않으면 괜찮습니다! 아니, 설혹 걸린다고 하여도 지금 그런 것을 따질 때가 아닙니다!"

화르르륵!!

한순간, 어둠에 휩싸였던 군영이 대낮처럼 밝아졌다.

단 그 밝음이란 것이 자연스러운 밝음이 아닌 오렌지 빛으로 물든 것이 문제였지만.

군영 전체로 보면 일부분에 불과했지만 불은 순식간에 옮겨 붙었다.

지옥의 화마가 사람들의 정신을 붕괴시켰다.

"으아아아악!"

"뜨거워!"

"살려줘!"

비명이 비명을 타고 이내 절규로 변했다.

기름을 뒤집어쓴 이들의 몸에 순식간에 불이 붙었다.

"물을 가져와!"

대혼란.

장내는 아비규환의 현장이었다.

불타오르는 병사들이 아이란의 두 눈에 똑똑히 박혔다.

우왕좌왕.

조금 전 칼 같은 군기를 자랑하던 자랑스러운 병사들은 더 이상 없었다.

아이란의 가슴이 찢어졌다.

"뮤톤 백작이 단단히 준비했군요. 이 정도 양이라면 얼마의 황금이 들어갔을지 상상도 가지 않는군요."

"그것보다 큰일입니다. 이럴 때 저들의 병력이 총공세를 가해온다면……."

아마 최악의 패배를 맞을 것이다.

병사들은 몸 하나 건사하는 것도 힘들 것이다.

불타오른 보급품으로 인해 추후 전쟁 역시 어렵게 될 것이 틀림없다.

본령으로의 후퇴와 방어도 염두에 두어야 할 것이다.

그사이 마법사들이 진화를 시작했다. 그러나 안심할 수도 없다.

"왔군."

후퇴하는 기병들 사이 저 너머로 보이는 병사들.

역시나 이러한 기회를 놓칠 리가 없었다.

"젠장. 진화 작업이 어느 정도 걸리지?"

아이란이 소리쳐 묻자 마법사들이 한 시간 정도 걸릴 것이 라 대답했다.

버텨야 하나, 버려야 하나.

버틴다면 아마 절반 정도는 건질 수 있을 것이다.

버린다면 인명 피해는 최소화할 수 있으나 영지까지 회군 할 수밖에 없다. 그리고 그대로 뮤톤 군은 그락서스까지 진격 할 것이다.

"버틴다."

아이란이 결정을 내렸다.

결정을 내렸으면 지체하지 말아야 한다.

"내 말을 가져오라. 기병들은 출진 준비. 문을 열어라."

기병들과 함께 적 본대를 공격해 시간을 번다. 그 후 진화 과정이 끝나고 적의 공격을 방어한다.

최악의 선택일지 최고의 선택일지는 모른다.

후퇴를 하는 것이 더 나은 선택일 수도 있다. 그러나 지금 아이란이 생각하기론 이것이 최선이었다.

"백작 각하, 제가 이끌겠습니다!"

"아니."

아이란이 단호하게 말했다.

"본인이 직접 이끌겠다."

"각하!"

"반론은 듣지 않겠다. 준비하도록, 발론 자작."

"…알겠습니다."

"진화가 끝나는 즉시 방어를 준비하도록."

한 시간.

단 한 시간을 벌기 위한 출정이 시작됐다.

*　　　*　　　*

두두두두두두!!

뾰족한 창이 대지에서 쏘아져 나간다. 창날의 꼭짓점은 그 락서스의 백작 아이란.

그가 직접 창의 선두가 되어 달리고 있었다.

창은 순식간에 두꺼운 장벽을 찔렀다.

"크아아악!"

"으악!"

창의 창이 찌르고 또 찔렀다.

가장 선두, 가장 힘이 집중된 아이란의 창에 세 명이 꿰였다. 그 뒤를 이은 기사들과 기병들의 창에도 역시 시체가 꿰어 있다.

그 창을 겨누며 계속 돌진하고 또 돌진했다.

시체가 꿰일수록 창이 무거워졌다. 그 무게만큼 그들의 어깨와 심장에 압박이 가해졌다.

아이란의 창에 일곱이 꿰었을 때, 돌파가 멈추었다.

순식간에 뮤톤 백작의 진영을 뚫어낸 것이다.

본래라면 재보급을 거치고 다시 돌진해야 한다. 그러나 지금 재보급을 받을 여유 따윈 없었다.

시시각각으로 아이란 등을 감싸오는 포위망.

이젠 창을 버리고 칼을 들어야 할 때였다.

아이란과 발론 자작은 안장에 매어둔 검을 들었다. 다른 이들은 메이스를 쥐었다.

그동안 갈고닦은 실력을 발휘할 때였다.

*　　　*　　　*

"죽어!"

"으아악!"

흙먼지가 자욱한 배경, 그 속에 사람들이 얽혀 있었다.

입안이 바싹 마르도록 먼지를 들이마시며 서로에게 무기를 휘두르는 이들.

베고, 찌르고, 두드리고.

서로의 육체를 부수어놓아야만 자신이 살 수 있기에 처음의 망설임 따윈 온데간데없었다.

바닥에 눕게 된 이들 역시 안식에 처하지 못했다.

말발굽에, 사람에 짓밟혀 시신마저 으깨져 두 번, 세 번을 죽었다.

사람이 사람이 아니게 되고 오로지 상대를 격살하기 위한 기계가 되었다.

그러한 기계 중 단연 돋보이는 이들.

번쩍이는 갑옷을 입고 마치 폭군과도 같이 전장에 군림한다. 그들의 추가 한 번 휘둘러질 때마다 사람의 머리가 수박같이 터져 나가고 뼈와 살이 분리되었다.

살인 기계를 급으로 나눈다고 하면 아마 그들은 특급으로 분류될 수 있을 것이다.

그러한 이 중 가장 눈에 띄는 이들.

급으로 치면 특특급으로 그들은 다른 자와 달리 검을 들고 있었다.

그들의 검이 사람을 살짝 벨 때마다 팔다리가 잘리고 목이 날아간다.

일 보 일 보 전진함에 따라 피의 길을 만드는 이들. 그들의 정체는 검은 매 기사단의 그랜드 마스터인 발론 자작과 그들의 주인인 아이란 그락서스였다.

그들의 검이 휘둘러질 때마다 한 사람의 숨은 반드시 끊어졌다. 아니, 그 이상이다.

발론 자작의 검이 한 번 휘둘러질 때마다 그의 검에서 폭풍과 같은 칼날 바람이 쏟아져 적을 난자했다.

아이란이 전수해 준 블러디 스톰. 그것을 자신의 검술과 융합시킨 발론 자작만의 블러디 스톰이 전장에서 그 능력을 발휘했다.

그러한 비기를 전수해 준 아이란 역시 발론 자작에 꿀리지 않을 활약을 펼치고 있었다.

펜리르의 송곳니라는 검의 이름처럼 아이란의 검은 적들을 물어뜯는 송곳니가 되어 그의 일검 일검에 빼곡하던 장벽에 공간이 창출되었다.

그 틈을 기사들이, 기병들이 파고들어 쪼개고 또 쪼갰다. 그러나 거침없을 것 같던 이들의 무쌍(武雙)도 결국 한계에 도달했다.

챙!

거침없던 그들의 검이 처음으로 막혔다.

뮤톤 백작령이라고 정예가 없는 것은 아니었다. 그들을 맞상대할 정예를 투입하자 양상이 달라졌다.

그락서스의 힘은 거침없는 돌파력을 주축으로 삼아 힘을 발휘하는 형태.

그 돌파력이 제한되면 가공할 힘은 절반으로 떨어진다.

"힘을 내라! 그대로 뚫고 지나간다!"

"우오오오!!"

아이란의 고함에 함성으로 답한다.

이제 그 함성에 다시 아이란이 답할 차례.

아이란의 검이 어둠으로 물들었다.

마신강림 특유의 검은 리히트.

어두운 저녁, 빛마저 빨아들이는 어둠이 이 자리에 강림했다. 그것은 밤에 섞여들어 마치 검이 사라진 듯 보였다. 그렇지만 그 위력이 사라진 것은 아니었다. 오히려 더욱 무섭게 되었다고 할 수 있었다.

리히트가 발휘되니 베지 못하는 것이 없다.

아이란의 앞을 가로막는 적들에게도 역시 가차 없었다.

상대가 기사든 병사든, 강철 갑옷을 입었든 입지 않았든.

그들의 결말은 공평했다.

그의 앞을 가로막는 이 모두가 각자 신의 품으로 돌아갔다.

이제 그 영혼들은 헤븐가르드나 갈라고스에서 안식을 취할 것이다.

그러던 중,

콰!

마침내 아이란이 단번에 베지 못한 상대가 나타났다.

어둠을 가로막은 것은 한줄기 붉은빛.

그것은 아이란의 어둠과 같은 리히트였다.

"이런, 이런, 고귀하신 백작 각하께서 그리 미친 소처럼 날 뛰어서야 되겠소?"

아이란을 가로막은 이가 미소를 지으며 말을 건넨다.

언뜻 듣기론 여유로운 말. 그러나 검을 맞대고 있는 팔의 떨림은 그의 현재 심정을 말해주었다.

"그대는?"

"허허, 본인은 그냥 단장이란 직책을 맡으며 뮤톤 백작께 빌붙어 있는 이들 중 하나라고 보면 된다오. 밥값을 하기 위해 나왔지."

"그런가? 아쉽겠군."

"무엇이 말이오?"

"그 밥을 그만 먹게 되었으니 말이다."

예전의 아이란이라면 이기더라도 꽤 시간을 끌었을지 모른다. 그렇지만 몇 번의 일전 끝에 아이란의 실력은 상승했다.

수련에 수련을 거듭했다.

자신의 부족함을 알고 수련에 매진했으니 실력이 나아지

는 것은 당연지사.

"나를 얕보는 것이오?"

뮤톤 백작 휘하 어느 기사단의 단장일 사내의 얼굴이 분노로 물들었다.

"아니."

"그럼 답해보도록 하시오. 내 이제껏 살아오며 모욕을 웃고 넘길 정도로까지 수양은 쌓지 않았소."

분노의 검이 아이란을 베어온다. 그의 검에 담긴 붉은 리히트는 활활 타오르는 불꽃으로 화해 공포가 되었다. 그러나 그러한 것도 통하는 상대가 따로 있다.

아이란은 그 검에 마주해 검식을 전개했다.

그것은 단 일 초.

사실 검식도 무엇도 아니었다.

그저 다가오는 칼을 향해 마주 휘둘렀을 뿐이다. 그러나 그 결과는 아무것도 아닌 것이 아니었다.

스아아악!

"답, 답이 되었소."

그 말을 끝으로 이름 모를 단장의 몸은 상하로 쪼개졌다. 그를 양단한 아이란의 검에는 한층 더 짙은 어둠이 담겨 있었다.

하이어 리히트.

무를 수련하는 무인 벨라토르가 육 단계에 들어서야 사용할 수 있는 힘.

리히트보다 한층 더 고차원적이고 절대적인 권력이 그의 손에서 펼쳐진 것이다.

스르륵.

공간을 왜곡할 정도의 어둠이 여느 때의 어둠으로 돌아왔다.

하이어 리히트를 계속 유지시키기엔 아이란의 성취가 낮았다.

제아무리 진자겸의 무공을 가지고 있다고 하여도 아이란은 그가 아니었기에.

십전마신강. 강대한 그 힘만큼 하이어 리히트에 소모되는 오로라의 양 역시 상상을 초월했다.

마신강림과 불사성체의 힘으로 어제와 오늘이 다른 아이란의 오로라도 하이어 리히트를 채 삼십 분도 유지하지 못했다.

이러한 전장에서 눈에 띄는 소수의 강자를 상대할 때를 제외하곤 리히트에 사용되는 오로라 역시 간당간당할 판에 하이어 리히트의 유지는 절대 불가였다.

사실 시간만 조금 넉넉했다면 조금 전 단장과의 전투에서 하이어 리히트를 사용하지 않았을 것이다.

아이란이 육 단계에 들어섰다는 것. 그것은 위급한 상황에서 사용할 수 있는 숨겨둔 비수가 될 수 있었다. 그러나 지금 그락서스의 진형은 돌파를 위한 진. 파죽지세의 돌파가 피해를 최소화하고 힘을 최대화시키는 진형이다. 가장 선두에 선 아이란이 오래 지체할수록 피해가 커진다.

결국 어쩔 수 없이 사용한 것이다.

후일 아이란의 적들은 오 단계가 아닌 육 단계의 아이란을 상대하기 위해 준비할 것이다.

'어쩔 수 없지.'

그렇다. 어쩔 수 없었다.

지금은 지금에 최선을 다해야 했다.

"으아아악!"

비명이 아이란을 상념에서 빠져나오게 하였다.

검을 잡은 아이란의 손에 힘이 들어갔다.

한 명을 벨 때마다 그락서스의 사람들이 그만큼 더 살 수 있었다.

열 명을 베어 열 명을 살릴 수 있다면 열 명을 벨 것이고 백을 베어 백을 살릴 수 있다면 백을 벨 것이다.

그것이 전장에 나서는 아이란의 각오.

언제까지나 수동적으로 반응하던 그가 아니었다.

외부의 상황에 끌려만 다니던 그 자신이 이곳에서만큼은 자신이 상황을 끌어나간다.

신(神).

이 순간만큼은 아이란 그 자신이 신이 되기로 결심했다. 이 전장의 모든 것을 그의 손아귀에 쥐고 있는 전장의 신.

사람을 살리고 죽이는 것은 모두 그에 의해 결정된다. 그리고 지금 그의 의념은 살(殺).

그의 검에 의해 또 한 명의 목숨이 날아갔다.

거침없는 저승행. 저승으로 인도하는 죽음과 전장의 신.

그의 행보는 결국 끝이 없을 것만 같던 인의 벽을 뚫고 돌파했다. 그를 뒤따라 그락서스의 병력들이 빠져나왔다.

처음의 수에 비하면 꽤 많이 줄었다. 그렇지만 아직 그들은 싸워야 한다.

아직 그들이 해야 할 일이 남아 있었다.

우리의 의무는 끝이 없었다.

의무를 끝내기 전까지 그들은 절대 쓰러질 수 없었다. 지금 이 순간, 그들은 불멸의 사도, 불멸자였다.

          *   *   *

한 시간.

길다면 길고 짧다면 짧다고 할 수 있는 시간이다.

즐거운 일을 한다면 순식간에 지나갈 시간이고, 싫은 일을 한다면 영겁과 같은 시간이다. 그리고 지금 이들에겐 후자의 경우.

칼을 휘두르고 상대의 몸을 찌른다.

수없이 이 행동을 반복한 것 같다. 그러나 시간은 갈 생각을 하지 않는다. 아니, 그러한 생각을 할 수 없을 정도로 휘둘렸다.

지쳐 단김을 토해내며 아이란은 고개를 돌려 그락서스의 군영 쪽을 바라보았다.

한 시간은 한참 지난 것 같았다.

처음의 거센 불길을 잡긴 했지만 아직 불타오르고 있는 군영이다.

이제 조금만 더 버티면 된다.

아이란은 희망적인 생각을 하며 힘이 들어가지 않는 팔을 들어 올렸다. 처음의 강철과도 같은 팔심은 이미 고갈되었다.

하이어 리히트 등 극도의 체력 소모를 요구하는 기술 탓이었다.

처음의 단장 이후에도 앞길이 막힐 때마다 아이란은 극한의 힘을 끌어올려야 했다. 그 탓에 아이란의 체력은 방전되기 직전이었다.

"괜찮으십니까?"

발론 자작이 상태를 물어왔다. 그 자신도 지친 기색이 역력해 보였다.

"후, 그러는 단장은 어떠한가?"

"저야 쌩쌩합니다."

미소를 띤 그였으나 피로한 기색을 지울 수는 없었다.

"조금만 더 고생하도록 하지."

"예."

"자, 가자!"

아이란이 다시 달렸다. 그 뒤를 그락서스의 사람들이 뒤따랐다.

몇 번의 과정을 거치면서 적들도 이미 이골이 났다.

처음에 우왕좌왕하던 것과 달리 그들에게 장창을 내찌르며 갈고리로 말의 발을 노리는 등 여러 대응을 해왔다.

그에 그락서스의 피해는 시간이 갈수록 기하급수적으로 커져갔다.

처음 출진했던 인원 중 삼분의 일 이상이 이미 핏물에 몸을 묻었다. 그러나 후퇴할 수는 없는 법.

몸을 뒤로 돌리는 순간, 지금보다 더 큰 피해가 그들에게 닥칠 것이다.

아이란의 검에 리히트가 담겼다. 그리고 아이란은 그대로 크게 휘둘렀다.

리히트는 검에서 쏘아져 적들을 덮쳤다.

콰콰쾅!

리히트의 폭발.

창을 찌르려던 뮤톤 군 병사들이 그에 휘말려 튕겨 나갔다.

그 틈으로 아이란은 말을 달렸다.

말 역시 지쳐 버렸지만 적들이 틈을 메우기 전에 어찌어찌 파고들어 갈 수 있었다. 그리고 이어진 검격.

짜내고 짜낸 리히트로 송곳과 같이 벽을 찌르고 갈랐다.

처음의 압도적인 모습과는 분명 다르다. 그러나 지금도 강력하다. 물론 그 강력함이 언제까지 지속될지는 아무도 모른다.

오직 그 자신만이 알 수 있다. 그러나 예측은 가능하다.

지금도 강력하지만 처음의 모습과는 다르기에 적들은 아이란의 상태를 알 수 있었다.

"백작이 지쳤다!"

"조금만 더 힘을 내라!"

"백작에게 상처를 입히는 자는 그 누구라도 보상하겠다!"

"목을 따는 이는 그 누구라도 귀족이 될 것이다!"

사기를 진작시키기 위해 막대한 보상을 거는 뮤튼 군의 수뇌.

그들의 공약에 그락서스를 노리는 병사들의 눈에 불이 켜졌다.

혹시나, 만약에.

일확천금을 노리는 감정이 마주하는 눈을 통해서 그대로 느껴졌다.

공격이 더 거세지고 매서워졌다. 이에 대항할 방법은 하나뿐.

'헛된 망상임을 뇌에 확실히 각인시킨다!'

꿈에서라도 이룰 수 없는 망상임을 똑똑히 보여준다.

아이란 그 자신을 떠올리는 것만으로도 공포에 정신이 쭈뼛 서도록, 미쳐 버리도록 만들어준다.

전신에서 마신진기가, 심장에서 불사진기가 끌어올려져 검에 담겼다.

어둠이 진해져 공간이 왜곡될 정도이다.

아이란 특유의 하이어 리히트가 발현되었다.

리히트 덕분에 길어진 검신. 그 상태로 발현된 참격.

그 마상에서 가해진 압도적인 일격은 그의 앞을 가로막는 지상의 이 하나를 통째로 쪼개 버렸다.

푸화아아악!

반절이 되어버린 양 단면에서 피가 솟구쳤다.

그것을 지켜보는 이들의 얼굴이 딱딱하게 굳었다.

장밋빛 환상에서 냉엄한 현실로 돌아왔다. 그리고 아이란은 그것을 완전히 굳힐 생각이다.

그의 검의 짙은 어둠은 사라지지 않고 그대로였다. 핏물마저 빨아 먹은 듯 어둠만이 존재하는 검이 다시 한 번 휘둘러졌다.

푸확!

또 한 명이 정신과 육신이 이등분되었다. 그 과정이 무수히 반복되었다.

얼음과 같은 무심함으로 뮤튼 군의 수를 줄여주는 죽음의 사신. 그는 뮤톤 군을 현실로 돌아오게 한 것으로 모자라 두려움과 공포라는 감정을 잉태시켜 주었다.

그 감정은 시신이 대지에 누울 때마다 죽음과 피라는 양분을 먹고 무럭무럭 커져 그들의 정신을 지배했다.

"도, 도망쳐!"

"살려줘!"

마침내 병사들이 등을 돌렸다.

"도망치지 마라! 도망치는 자는 내게 먼저 죽을 것이다!"

"싸워라! 싸워!"

"그락서스 백작은 지쳤다! 공격하란 말이야!"

독전관들이 나섰다.

도망치는 이들에게 칼을 휘두르며 싸움을 독려했다. 그렇지만 그들의 말도 틀린 것은 아니다.

아이란의 검에 담긴 어둠.

어느새 그것은 사라져 새하얀 검신이 드러나 있었다. 그러나 그들은 그 모습을 보고도 쉽사리 달려들 수 없었다.

사람이 절반으로 쪼개지는 광경.

그 모습은 쉽사리 잊히는 것이 아니다. 그리고 오래전 일도 아니고 바로 방금 전 벌어진 일이라면 잊으려야 잊을 수가 없다.

"오라."

그들을 바라보며 아이란이 입을 열었다.

"보화가 탐이 난 자들, 내게 오라. 내가 상대해 주겠다."

"……."

"죽음을 각오한 자들, 그대들도 오라. 내가 상대해 주겠다."

"……."

"그러나 그 자신은 나서지 않으며 다른 이들을 재촉하는 자들 먼저 내 검을 맞을 준비를 해라."

꿀꺽!

아이란과 독전관들의 시선이 마주쳤다.

그들의 눈이 떨렸다.

"공, 공격하란 말이야!"

"컥!"

독전관 중 한 명이 그의 앞에 서 있는 병사의 등을 베었다.

뼈가 드러날 정도의 중상. 병사가 바닥에 뒹굴었다.

"공격해라!"

결국 떠밀린 병사들이 아이란을 향해 달려들었다.

"이야아아아아!!"

병사들의 고함. 그러나 의욕이 빠져 버린 영혼 없는 고함이다.

"으아아아아!!"

그들에 대항하는 그락서스의 병사들이 함성을 지르며 무기를 휘둘렀다.

의욕 없는 이와 각오가 담긴 이의 검은 그에 담긴 무게가 다르다.

무게가 다른 검이 맞부딪쳤을 때, 어느 검이 우세할지는 굳이 따지지 않아도 알 수 있었다.

"으아아악!"

"살려줘!"

비명과 절규가 울렸다. 어느 쪽에서 나온 것인지는 보지 않아도 명확했다.

그락서스의 우세다. 그렇지만 그것도 오래가지 못했다.

쉬지 않고 휘둘렀다. 지치고 또 지친 이들이다. 무게가 담긴 검도 끝없이 쏟아지는 적들에 무뎌졌다.

갑옷의 틈새로 칼이 박히고 피가 흘렀다. 말 역시 상처를 입고 쓰러졌다.

결국 처음의 인원이 절반도 채 남지 않았을 때, 그락서스의 돌파가 멈추고 뮤톤에 포위되었다.

아이란 역시 완전히 방전되어 검을 겨우 들고 서 있는 정도.

한 걸음 한 걸음 뮤톤의 포위가 좁혀졌다.

아이란의 입에서 단내 가득한 한숨이 새어 나왔다.

'여기까지인가.'

아무래도 여기까지인가 보다.

이변이 없는 한 아이란과 그락서스는 죽음을 맞이할 것이다. 살려고 한다면 살 수 있었다.

로물루스를 소환한다면 어떻게든 살 수 있을 것이다. 그러나 그렇게까지 하고 싶진 않다.

뭐라 말할 수 없는 그러한 감정이다.

"후후, 아이란 형님, 이제 그 목을 내놓아야겠소."

어느새 다가온, 얼마 만에 보는 것인지 모를 동생 크란이 차가운 미소를 지으며 아이란을 바라보고 있었다.

"오랜만이로구나."

"예, 오랜만이로군요."

"그래, 내 목을 원한다고? 그락서스의 백작이 되고 싶은 것이냐?"

"예."

"그렇군. 아쉽지만 아직은 이루어지지 않을 꿈이로구나."

"예?"

오랜만에 만난 형제의 대화. 그것이 끝이었다.

아이란이 살짝 미소를 띠었다. 그 모습에 의문을 표할 무렵, 뮤톤 군의 당황한 비명이 크란의 의문을 풀어주었다.

"그락서스 군입니다! 그락서스 군이 다가옵니다!"

어느새 군영의 불길은 다 잡혀 있었다. 그리고 군영으로부터 전장으로 군이 출진했다.

그들의 목적은 이들의 구출.

"젠장."

크란이 욕지거리를 내뱉었다.

"운이 좋으시군요. 그러나 다음엔 이러한 운은 절대 없을 것입니다."

"그래."

"물러나겠습니다."

"그러도록 하여라."

크란이 군을 물렀다.

이 상황에서 고집을 부려 아이란들을 처치할 수도 있지만 그 과정에서 안쪽과 바깥쪽 동시에 공격을 당할 수도 있기에 크란이 후퇴한 것이다.

아이란과 그락서스의 기병들.

그들은 결국 한 시간을 벌고 살아남았다.

CHAPTER
6

북부로 전진하는 강력한 남부 연합의 기세를 꺾고, 전환점을 만든 전투.
그러나 이어질 전투와 잃을 생명에 기뻐할 수만은 없었던 전투.

—게티즈버그 전투(Battle of Gettysburg)

격렬한 전투의 끝.

당장에라도 서로에게 칼을 쑤실 것 같이 노려보는 이들이지만, 결국 무기를 내려놓아야 했다. 차마 무기를 내려놓을 수가 없어 손이 부들부들 떨리는 이들도 많았다.

결국 뮤톤 군이 완전히 물러나고 나서야 이들은 무기를 내려놓을 수 있었다. 그리고 곧바로 바닥에 쓰러졌다.

격심한 피로가 둑이 터지듯 단번에 몰려왔기 때문이다.

말 역시 지쳐 쓰러질 정도이니 달리 어떠한 말이 필요할까?

그것은 고강한 실력을 가진 기사들도 예외가 아니었다. 아니, 오히려 더욱 힘들었기에 쓰러져 기절을 한 이도 있었다.

"후우……."

바닥에 주저앉은 아이란이 한숨을 내쉬었다.

그가 내쉰 숨에서 세상의 모든 짐을 다 짊어진 듯한 피로가 느껴졌다.

"괜찮으십니까?"

"그러는 단장은 괜찮은가?"

묻는 발론 자작의 상태는 아이란과 비교해 절대 좋아 보이지 않았다.

아이란의 되물음에 발론 자작은 씩 웃었다.

"저야 당연히 괜찮지 않습니다."

"그렇군."

"그렇다니요. 그것으로 끝이십니까?"

"그럼 무엇을 더 바라나?"

"저야……."

"도착했군. 그 이야기는 다음에 듣도록 하지."

"알겠……."

"백작 각하! 어디 계십니까!"

결국 마무리마저 끊긴 발론 자작이다.

"괜찮으십니까, 백작 각하?"

그사이 아이란을 발견한 칼 등 지원군의 지휘관들이 아이란에게 다가왔다.

"나는 괜찮다. 나보다 병사들을 먼저 챙기도록. 살아 있는 이를 첫째로, 고인이 된 이를 둘째로 챙기도록 하라."

"알겠습니다."

지휘관들이 지원군을 운용해 전장의 뒷정리를 시작했다.

살아 있는 병사들이 옮겨지고, 시신을 정리했다.

그 모습을 아이란을 씁쓸한 눈으로 바라보았다.

"죄송합니다."

그의 옆에 서 있던 칼이 사죄를 올렸다.

"소화 시간이 지체되었습니다. 조금만 더 빨랐어도 열 명, 아니, 백 명은 더 살릴 수도 있었을 겁니다."

처음 한 시간으로 생각했던 진화 시간. 그러나 막상 시작하고 보니 한 시간으론 어림도 없었다.

마법사들과 병사들이 힘을 모아 최선을 다해 소화를 진행했다. 그러나 시간은 부족했고, 그 늘어난 시간만큼 아이란이 이끄는 별동대가 차가운 맨바닥에 쓰러져 갔다.

그에 칼이 사죄하는 것이다.

"그것이 왜 그대의 잘못이지?"

"……."

"모든 것은 다 나의 잘못이다. 주의를 기울이라 말을 하면서도 나 자신이 진실로 기울이지 않았지. 그에 대한 응보. 다 나의 잘못이다."

"아닙니다."

"이 일은 그만 논하도록 하지."

"예……."

아이란의 눈이 저 멀리 어느새 조그마해진 뮤톤 군을 비추었다.

"절대 잊지는 않는다. 우리가 당한 것의 열 배, 백 배 갚아 준다. 오직 그것만을 생각하도록."

"알겠습니다."

"각하, 저도 잊지 마십쇼."

복수의 칼날을 가는 그락서스.

날을 갈고 또 갈아 독을 칠한다. 그리고 그 검으로 적의 심장을 찌를 순간을 기다리는 그락서스였다.

*   *   *

뮤톤 평원의 중간쯤에 위치한 뮤톤 군의 막사.

그 중심의 막사에서 평상시와 다른 웃음과 음악 소리가 울려 퍼졌다.

"하하하!!"

여러 명의 웃음소리. 그 공통된 감정은 바로 통쾌였다.

"하하하! 정말 잘했다, 크란."

"과찬이십니다."

"아니, 정말 잘했다."

말라카 뮤톤이 크란을 거듭 칭찬했다.

"비록 아이란 그락서스의 목을 따지 못한 것은 아쉽지만, 그들의 군영을 태워 버린 것만으로도 내 황금의 값어치는 충분했다. 이 모든 것은 전적으로 우담 기름을 통한 화공을 생각해 낸 너의 공이다."

"아닙니다. 장인어른께서 계시고 정예인 병사들이 있어서 가능한 일이었습니다. 실제로 장인께서 지원해 주신 상인들이 아니었다면 산더미 같은 황금이 있어도 우담 기름은 구하지 못했을 것입니다."

"하하하! 아무렴 어떠냐! 이 승리는 유구한 뮤톤 가문과 그라나니아의 역사에 기록되어 장식될 것이 틀림없다. 그렇지 않은가?"

"맞습니다. 주군과 크란 공자의 이름은 역사에 장식될 것이 틀림없습니다."

"제 생각 역시 마찬가지입니다."

배석한 이들이 두 사람을 칭송했다.

"자! 그럼 이후의 상황을 의논해 보도록 하지. 각자 하나씩 의견을 말해보도록."

"제가 먼저 말해도 되겠습니까?"

뮤톤 백작의 왼편에 앉은 남자가 손을 들었다.

"오, 소르만. 사실 가장 뛰어난 공을 세운 이는 그대이지. 습격의 전반적인 계책을 세운 그대의 공 또한 잊지 않겠다."

"감사합니다."

"그래, 말해보도……."

파앗!

그때 막사의 문이 거칠게 열렸다.

"무슨 일……."

인상을 찡그리며 무어라 호통을 치려던 말라마 뮤톤의 눈동자가 살짝 흔들렸다.

"큰, 큰일……."

그 말을 끝으로 들어온 이는 쓰러졌다.

전신에 피 칠갑을 한 채 등에 화살이 꽂혀 있는 이.

말라카 뮤톤이 아는 자였다.

"가르고의 사령관 아닌가? 대체 어떻게 된 일인가?"

가르고는 뮤톤 백작령의 조그만 마을로, 마을이라기보다는 뮤톤 군에 보급을 담당하는 보급 기지 역할을 담당했다.

가르고의 사령관은 당연히 보급의 막중한 책임자로 이런 곳에서 누워 있어야 할 이가 아니었다.

"대체, 대체 어떻게 된 일인가?"

"아마……."

창백하게 굳은 소르만이 천천히 입을 열었다.

"가르고가 습격당한 것으로 생각됩니다."

"뭣이!"

쾅!

말라카 뮤톤이 주먹으로 탁자를 내리찍었다.

"당장 전령을 파견해라!"

"예!"

"젠장! 한 방 먹인 줄만 알았더니 우리도 한 방 먹었군."

"가르고가 습격당했다면 정말 큰일입니다. 현재 영지군 보급의 절반 이상, 아니, 군소 보급 기지를 제외하면 거의 전부라고 할 수 있습니다. 만약 전부 불탔다면 저희 역시 힘든 전쟁을 치러야 합니다."

소르만의 말에 모두의 얼굴에 허탈함이 깃들었다.

"아마 그락서스는 소수의 기병으로 별동대를 운용, 가르고를 습격한 것으로 생각됩니다. 그러니 한시라도 빨리 다른 보급 기지에도 전령을 보내 방비를 강화해야 합니다."

"당장 그렇게 하도록 하라!"

말라카 뮤톤의 명령에 몇몇이 밖으로 나갔다.

"후우!"

한숨.

"이겨도 이긴 것이 아니로군."

다시 원점이다.

"전략을 짜보도록 하지. 수단과 방법을 가리지 말고 그락서스의 숨통을 물어뜯을 수 있는 방법을 생각해 내라. 조그마한 틈이라도 보인다면 독니를 박아주겠다. 내가 왜 독사라 불리는지, 왜 뮤톤 가문이 뱀의 가문인지 저 미련한 새에게 보여주겠다."

말라카 뮤톤의 눈알이 번뜩였다. 그의 송곳니가 마치 뱀처럼 번뜩였다.

*　　　*　　　*

그락서스의 진영.

전날 있었던 화마의 여파로 아직까지 탄내가 풀풀 난다. 그것은 지휘관들이 모인 아이란의 막사 역시 다를 것이 없었다.

탄 냄새와 함께 시커먼 재를 곳곳에 묻힌 이들이 자리에 배석했다.

그들이 모인 것은 전날의 뒤처리와 함께한 존재 때문.

"시작하지."

아이란의 말에 칼이 나섰다.

"조금 전 센리온의 별동대로부터 전령이 도착했습니다."

스윽.

칼의 뒤에 서 있던 병사가 허리를 숙여 인사했다.

"센리온 대장으로부터의 전언입니다. '가르고를 불태웠음. 추후 다른 보급 기지 역시 공격하겠음', 이상입니다."

가르고를 불태웠다.

모두들 깜짝 놀랐다. 그리고 이어진 제장들의 반응은 환호.

"성공이로군요!"

"정말 대단한 성과입니다!"

전날의 패배가 한 방에 씻긴 기분이다. 그것은 아이란 또한 예외가 아니었다.

"큰 성과로군."

"맞습니다. 정말 큰 성과입니다."

환호성을 지르던 발론 자작이 말을 받았다.

"후우, 이제 숨통이 좀 놓이겠습니다."

그동안 경직되어 있던 칼 역시 표정이 살짝 풀렸다.

최대 보급 기지가 함락되어 불탄 이상 적의 행보 역시 제한된다.

보급 기지를 새로 완성할 때까지 기다리거나 바로 들이닥치거나.

전자일 가능성도 배제할 순 없지만, 후자일 시 리스크가 너무 크다. 그렇기에 방비를 해야 한다.

"지금 즉시 전 병력을 출진 대기시키도록. 또한 군영의 방어에 좀 더 힘을 쓰고 근방을 수색할 병사들을 내보낸다."

들떴던 분위기가 순식간에 가라앉았다.

"여력이 있을 때 들이닥칠 것을 걱정하시는군요."

칼의 말에 아이란이 고개를 끄덕였다. 그리고 또 한 가지.

"전령."

"예."

"센리온에게 전하라. 보급 기지를 노리는 것보다 보급로를 지나는 보급 부대를 노리도록. 가르고가 불탄 이상 아무리 작은 보급 기지라도 철통같이 방비를 할 것이다."

"알겠습니다."

"바로 출발하도록."

"예."

전령이 나갔다.

"내 생각이 어떤가? 마음에 들지 않는다면 전령을 다시 부르도록 하지."

"제가 생각한 것을 그대로 말씀하셨습니다."

"그렇다면 다행이군."

스르륵.

아이란이 물로 입술을 적셨다.

"이 전쟁, 그리 오래갈 것 같진 않군."

"···예."

"딱 한 번."

"······."

"딱 한 번으로 결정이 날 것이다. 그 결과는 우리의 승리, 혹은 패배. 승리한다면 영광을 얻을 것이고, 패배한다면 추락을 얻게 되겠지."

"맞습니다. 혹 패배한다면 일 왕자가 승리하기만을 바라야 겠죠."

"우리가 승리한다고 하더라도 일 왕자가 패하면 의미가 없지 않나."

"그렇지요. 이렇게 치열하게 싸우는데 저희는 결국 부(副), 주(主)는 일 왕자이니까."

씁쓸함이 입안에 도졌다.

"그래도 일 왕자 쪽에서 승리할 가능성이 높습니다. 아르낙스 공작의 맹공에 렌빈 대공 쪽이 큰 타격을 입고 연신 밀려나고 있다고 합니다. 점점 왕도와 가까워지고 있는 만큼 아르낙스 공작이 공성에 합류한다면 승리의 추는 일 왕자 쪽으로 기울 것입니다."

"그렇지만 케트란 가문이 있지 않은가? 그들 역시 병력을 출진시켰을 것인데?"

"케트란 가문은 지금 사방에서 쏟아지는 재난에 정신이 없을 것입니다. 해안은 해적들이 상륙해 약탈을 계속하고 있고, 산맥에선 야만족들이 내려와 약탈하고 있다고 합니다. 렌빈 쪽에 주둔하던 병력이 사방으로 흩어져 그들을 막고 있지요."

"다행이군."

케트란 가문과 그들이 다스리는 민초에겐 불행한 일이지만 아군의 입장에선 좋은 일이다.

남의 불행을 좋아해야 하는 상황이 썩 마음에 들진 않지만 어쩔 수 없는 일이라고 아이란은 생각했다.

*　　*　　*

바람에 섞인 피 냄새가 머리를 아프게 하는 평원. 과거 숲이 있었다는 대지 뱀파이어의 숲.

최근 숲이 다시 자랄 수 있도록 붉은 양분이 가득 뿌려지고 있었다.

그 한편에 막사를 치고 주둔해 있는 군대가 있었다. 이 대지에 붉은 비료를 뿌리는 장본인 중 한 명.

마샬 영지군이었다.

군영의 중심, 아르낙스의 막사에선 수뇌들이 모여 회의를 하고 있었다.

"렌빈 대공이 1밀레 파수스 거리를 더 물러섰습니다."

참모가 보고와 함께 탁자 위의 지도에 올려놓은 말 중 하나를 집어 살짝 옮겼다.

"점점 케트란령에 가까워지는군."

"예, 맞습니다."

"혹 케트란과 합류하려 하는 것인가?"

"그것은 아직 파악되지 않고 있습니다. 그렇지만 제 생각에는 그럴 가능성이 높아 보입니다."

"케트란은 야만족과 해적 등으로 인해 고난을 겪고 있지 않은가? 그들을 막기 위해 수도로 지원을 보낼 병사들마저 각지로 재배치를 하지 않았나?"

"소문에는 케트란 후작이 해적, 야만족과 협상을 벌였다고 합니다."

"협상?"

"예. 야만족에게는 일 년분의 식량을 제공하고, 해적들에겐 막대한 양의 보화를 제공함과 동시에 나포한 해적선과 포로들을 돌려줄 것이라고 합니다."

"미쳤군. 그러나 케트란의 입장에선 그만큼 절실했겠지."

본디 야만족과 해적 등의 도적들은 절대 협상을 할 수 있는 상대가 아니었다.

귀족이라면 그들을 토벌하는 것에 앞장서야지 협상 따위를 하는 것은 수치라고 여겼다. 그러한 것을 다른 이도 아니고 영지를 가진 귀족 중의 귀족이 행하다니.

평상시라면 수도는 물론이고 지방 귀족 사회에서까지 지탄받을 일이었다.

"그렇다면 이제 케트란이 합류한 것까지 가정하고 계획을 수립해야겠군. 어디, 좋은 의견 가진 사람 없나?"

척!

한 사람이 손을 들었다.

"오, 칼제르맹 단장."

마샬 가문의 용맹한 기사단장. 월계수 기사단의 그랜드 마스터인 칼제르맹이 손을 들었다.

"어서 말해보도록."

칼제르맹이 손가락으로 지도를 짚으며 말했다.

"제 생각은 이렇습니다. 지금부터 며칠간 렌빈에 대한 강공을 지속하여 그들의 후퇴를 지속, 그들을 케트란령 안까지 밀어버리는 것입니다."

"그리고… 설마……?"

아르낙스의 눈이 놀랐다. 그의 두 눈엔 칼제르맹의 손가락이 가리키고 있는 지형이 들어왔다.

"무장 해제의 다리."

마샬 공작령과 국왕 직할령을 잇는 영광으로의 길과 같이 케트란 후작령과 국왕 직할령을 잇는 무장 해제의 다리.

오래전 있던 나라의 모든 영지가 영지전을 진행하던 영지전쟁의 시기에도 국왕 직할령으로 들어설 때면 그 앞에서 무장을 해제해 그러한 이름이 붙은 다리이다.

아르낙스가 놀란 것은 다름이 아니다.

다리.

즉, 케트란 후작령과 국왕 직할령을 잇는 가교. 밑에는 절벽과 함께 강이 흐른다.

케트란 후작령과 국왕 직할령을 잇는 거의 유일한 수단이나 마찬가지인 교통로.

똑같이 강 위에 세워진 다리인 영광으로의 길은 봉쇄되어도 그 외에도 수많은 진입 통로가 존재하지만, 무장 해제의 다리는 상황이 달랐다.

지형적인 이유로 대규모의 이동이 가능한 것은 무장 해제의 다리뿐. 다른 길은 사람 하나도 다니기 힘든 험로뿐이라 군대의 통행로로 적합하지 않았다.

"밀어낸 다음 무장 해제의 다리를 파괴하자는 것인가?"

"예."

칼제르맹이 고개를 끄덕였다.

분명 좋은 수단. 그러나 좌중의 반응은 그리 좋지 않았다.

"칼제르맹 단장."

"예."

"무장 해제의 다리가 어떠한 의미인지는 알고 있겠지?"

"예. 당연히 알고 있습니다."

"말해보게."

아르낙스가 칼제르맹 단장의 두 눈을 똑바로 바라보며 말했다. 칼제르맹은 그 시선을 피하지 않고 마주 보며 답했다.

"무장 해제의 다리는 케트란과 국왕 직할령을 잇는 유일한 곳. 절벽과 강, 산맥으로 가로막힌 다른 지형으로 진출할 수 없기에 케트란과 그 옆 렌빈의 입장에선 유일한 통로나 다를 바 없지요. 만일 무장 해제의 다리가 파괴된다면 케트란, 렌빈과 그라나니아는 육상으로는 완전히 단절된 것이나 마찬가지입니다."

"그렇지. 그리하여 백여 년에 걸쳐 다리를 만든 것이 아닌

가. 또한 그렇기에 선대왕께서 법령으로 다리의 공사 중 죽은 이들의 영혼을 위로하기 위해 절대 다리를 파괴하지 말 것을, 그것은 역적에 해당하는 중죄임을 선포하지 않았나."

좌중의 반응이 좋지 않은 이유가 바로 이것이었다.

역적.

듣는 것만으로도 오한이 저린 단어. 듣는 것만으로도 이러할진대 그 딱지가 자신에게 붙는다면?

그야말로 막장 중의 막장이라고 할 수 있었다.

"그러나 저희가 이것저것 가릴 입장이 아니지 않습니까. 이미 렌빈 대공과의 전투로 병력 손실이 심각합니다. 그것에 케트란 가문의 병력 역시 합류한다면 케트란과 렌빈 이 두 연합군에게 절대 이기지 못할 것입니다."

"승리를 한다고 해도 역적이 되어 쫓길 수가 있다."

"전쟁의 일등공신이라고 한다면 누가 무어라 말해도 마샬입니다. 그 마샬을 누가 역적으로 토벌할 수 있겠습니까. 또 제 의견은 파괴가 아닙니다."

"파괴가 아니라니?"

아르낙스가 살짝 갸웃했다.

"정확한 제 의견은 다리의 완전 봉쇄, 요새화를 진행하는 것입니다."

다리에 벽 등을 만들어 통행이 완전 봉쇄된 요새를 형성하자는 것이 바로 칼제르맹의 의견이었다.

그것이라면 다리의 파괴가 아니니 역적의 딱지에서 벗어날 수 있었다.

"그렇지만 요새화를 진행하는 동안 적들이 그것을 가만히 보고만 있을까?"

"그렇게 만들면 됩니다."

"어떠한 수단으로?"

"제가 엄선된 정예를 이끌고 케트란령에 침입하겠습니다."

"침입하여 적을 기습, 난동을 불러일으키겠다는 것인가?"

"비슷합니다."

"비슷하다니?"

아르낙스의 반응에 칼제르맹이 씩 웃는다.

"제가 공격할 것은 야만족과 해적입니다. 협상이 잘 진행된다면 그것을 깨뜨려 주면 되는 것이지요. 케트란 군으로 위장을 한 다음 그들을 공격, 협상을 파기하는 것처럼 상황을 꾸며 그들 사이를 이간질한다면 그들 역시 협상을 파기, 케트란에 대한 공격을 계속할 것입니다."

괜찮은 의견이라고 아르낙스는 생각했다. 그렇지만 하나 걱정되는 것이 있었다.

"그렇지만 괜찮겠나? 그대의 명예는?"

월계수 기사단은 마샬 공작령의 정예 중의 정예, 최정예의 집단이다. 그러한 집단의 수장인 칼제르맹은 더할 나위 없는 일류 중의 일류.

그 일신에 쌓은 명예 역시 누가 보더라도 찬란한 금빛을 발하고 있었다. 지금의 작전은 그러한 명예에 먹칠을 하는 것이나 마찬가지였다.

"이미 그러한 것은 아무런 소용이 없는 시대가 바로 지금입니다. 승리와 생존이 모든 것에 우선이 되는 시기이지요. 승리를 위해 명예를 버려야 한다면 저는 백번이고 천번이고 버리겠습니다."

칼제르맹의 결심이 절절이 느껴졌기에 아르낙스의 눈시울이 살짝 붉어졌다.

"그렇다면 칼제르맹 단장의 의견을 기본 계책으로 삼도록 하지. 반대의 의견이 있는 이가 있는가?"

아무도 없었다.

"그럼 이제 작전의 세부적인 계책을 논하도록 하지. 적을 밀어낼 생각들을 하나씩 말해보게."

한 사람의 결심이 이루어진 밤이 깊어갔다.

*   *   *

며칠간 아르낙스의 마샬 공작군은 상당한 강공과 함께 압박을 지속했다. 그에 렌빈 대공군은 계속해서 밀려났다.

렌빈 대공군의 입장에선 케트란 군과의 합류를 위해 일부러 대규모 교전을 피한 작전상의 후퇴였다. 케트란 후작군과 합류만 한다면 언제든 마샬 공작군을 밀어버릴 자신이 있었기에 그들은 이것을 패배라 생각하지 않았다. 그렇기에 물러나는 것에 거리낌이 없었다.

그 생각이 마샬 공작군을 도왔다.

결국 마샬 공작군은 렌빈 대공군을 케트란 후작령으로 밀어낼 수 있었다.

다리를 밟으며 렌빈 대공은 한마디를 남겼다.

"다시 이 다리를 밟는 순간, 그 순간이 바로 마샬이 멸망할 순간이다."

기세등등하게 이 다리를 건너 직할령 땅을 밟았지만, 작전상 후퇴이든 무엇이든 결국 적에 쫓겨 또다시 이 다리를 밟는 대공.

그의 감정이 고스란히 담긴 한마디였다.

렌빈 대공을 밀어낸 뒤 마샬 공작군은 그대로 직할령 쪽의 다리를 요새화하기 시작했다.

다리의 중턱까지 수레를 비롯해 나무 등으로 벽을 쌓아 바리케이드를 형성했으며, 각종 장애물을 설치해 통행을 막았다.

아르낙스의 생각을 알아챈 렌빈과 케트란이 필사적으로 막았으나, 칼제르맹 단장이 케트란에 잠입해 이룬 공작의 성과로 아르낙스는 결국 작전을 성공할 수 있었다. 그 성공까지

막대한 피해와 희생을 입었지만 이제 한시름을 놓게 되었다.

"이제 수도로 진격할 시간이다."

아르낙스는 처음 출진할 때의 이만 군세 중 남은 만삼천. 그중 삼천을 다리에 남겨 두고 일만 군세를 이끌고 남하했다.

그 목표는 당연히 왕도 볼레로디움.

지지부진한 수도 공성전에서 균형의 추를 연합군 쪽으로 쏟기 위한 출진이었다.

이로 인해 왕도의 공성전은 급물살을 타게 되었다.

"반드시 승리한다."

수많은 죽음으로 점철된 이 길.

그 죽음에 조금이나마 보상하기 위해서라도 승리해야 했다. 아마 이 킹스로드에 참전한 모든 군주가 하는 생각일 터. 그렇기에 아르낙스는 더 질 수 없었다.

그는 반드시 승리하겠다고 다짐하고 또 다짐했다.

*　　*　　*

또 다른 전장, 뮤톤과 그락서스.

아이란의 군영에 전령이 찾아와 한 가지 소식을 건네었다.

바로 아르낙스에게 온 전령이었다.

"여전하시군."

편지를 읽는 내내 아이란의 입에선 미소가 돌았다.

유쾌한 아르낙스의 말투가 편지에 그대로 담겨 있었다. 마치 그의 음성이 들리는 것 같이 느껴졌다.

"어떤 내용이기에 그렇게 웃으시는 겁니까?"

칼의 물음에 피식 웃은 아이란이 편지를 넘겨주었다.

"호오, 굉장하군요. 다리를 봉쇄하여 케트란과 렌빈을 가두다니, 과감한 수입니다. 평상시라면 수도에서 역적, 선대왕에 대한 반란이라며 떠들 귀족들이 넘치지만 전쟁의 와중인 이때 그러한 것을 따질 일도 없지요."

"후에 문제가 된다고 하여도 승리한다면 하늘과 같은 권력을 가질 마샬 공작에게 그러한 소릴 지껄일 자는 없겠지."

"맞습니다."

"그렇다면 우리도 질 수 없지. 우리도 한번 과감한 작전을 써보는 것이 어떤가?"

"어떠한 작전을?"

"그것은 자네가 짜야지."

"…농담이 느셨습니다. 여유가 생기셨나 보군요."

"뭐, 그런 것이겠지."

아르낙스의 승전보로 오랜만에 생긴 잠깐의 여유를 즐기는 그들이었다.

CHAPTER
7

끝나다.
End.

"와아아아아!!"

거대한 평원. 하늘에서 바라본다면 개미와도 같은 사람의 형체지만, 그 개미가 평원을 가득 메웠다.

사람과 사람이 서로에게 달려드는 전쟁의 소용돌이 속. 이미 붉게 물들어 버린 평원이지만 오늘도 피가 흘렀다.

푹!

창끝이 심장을 찔렀다. 뽑힌 창날을 타고 핏방울이 땅으로 떨어졌다. 창이 다음 상대를 향해 겨누어졌다.

찌르고, 찌르고, 찌르고, 또 찌른다. 상대의 심장을, 머리를, 가슴을 찌른다. 살기 위한 몸부림이다.

그 무수히 많은 창 중 하나. 아이란은 볼을 타고 흐르는 핏방울을 손으로 훔쳤다. 상대를 쓰러뜨렸기에 잠시 전장을 바라볼 정도의 틈이 생겼다.

전황.

그리 좋지도 않지만 나쁘지도 않았다.

팽팽한 싸움. 그러나 단 한 가지의 요소만으로도 어느 한쪽으로 기울 수 있는 것이 전쟁이다.

스악!

"크악!"

가슴이 베이고 사람이 주저앉았다.

전황을 살피던 아이란을 옆에서 기습한 이다. 아이란이 먼 곳을 바라보는 것을 발견하고 기회를 노렸지만 결국 자신의 목숨을 잃게 되었다.

"막아야겠군."

다시금 전장을 살핀 아이란. 그의 눈이 한곳을 향했다.

적들의 주 병력이 배치된 중앙. 그중에서도 중앙인 적의 기사 병력.

아이란과 검은 매 기사들이 밀리는 곳을 지원하는 것과 달리, 뮤톤의 기사들은 중앙 선봉에서 송곳처럼 뚫어내고 있었다. 지금까진 잘 버텨왔지만 더 놓아둔다면 그락서스 진영에 균열을 가져올 것이다.

"가자!"

아이란이 말의 배를 찼다. 그 뒤를 기사들이 따랐다.

두두두두!!

시체를 비롯해 온갖 장애물이 도사리고 있지만, 뛰어난 기마술의 그들에게 그것은 아무것도 아니었다.

잠시 후 중앙에 거의 다 닿았을 때, 아이란의 손에서 창이 떠나갔다. 그 창은 무시무시하게 바람을 가르며 막 병사의 목을 치려는 적 기사의 옆구리를 고스란히 뚫어버렸다.

단번에 적 기사들의 시선이 아이란과 그락서스에 집중되었다.

"아이란이다! 아이란 백작이다!"

무어라 외친다. 확실히 들리진 않았다. 그러나 왠지 그렇게 외치는 것 같았다. 그렇다면 아이란 역시 할 말이 있었다.

인사를 받았으면 자신 역시 인사를 하는 것이 예의.

"그렇다! 내가 바로 아이란! 그락서스의 백작이다! 그 누가 나를 상대할 것인가!"

오로라를 담아 외치는 당당한 목소리. 그것엔 사자후라 칭해도 부족함이 없을 기세와 힘이 실려 있었다.

그 힘을 느낀 것인지 금방이라도 달려들 것 같던 적들도 움찔하며 멈추었다. 그렇다면 이쪽이 가면 된다. 적들의 반응은 감사할 일이다.

장애물을 피하느라 충분한 가속이 붙지 않았지만 말의 달리는 힘이 아이란의 손에 들린 거대한 마상도에 담겼다.

"이야아아아압!"

적들이 기합을 내지르며 달려왔다. 그리고 그 상태 그대로,

촤악!

푸화아아악!

몸이 두 쪽으로 갈라지며 온 사방으로 피가 비산했다.

촤르륵!

어둠에 먹힌 검이 공간을 베고 또 베었다. 그러자 그 공간 속에 있던 적의 무기며 신체가 토막 났다. 절삭의 권능인 리히트가 힘을 발휘하는 것이다.

리히트가 발현된 이상 신병이라 불릴 무기가 아닌 이상 맞상대할 수 있는 것은 리히트뿐. 그러나 지금 적들에겐 리히트를 구사할 수 있는 이가 없었다. 아니, 있더라도 한 사람으론 되지 않는다. 아이란의 뒤, 발론 자작 역시 그의 리히트를 발현했으니까.

촤학!

스아아악!

삭!

거침없는 질주. 아이란과 발론 자작 둘이 송곳이 되어주니 그들을 막을 수 있는 이는 없었다.

조금 전 뮤톤의 기사들처럼, 이번엔 정반대로 그락서스 쪽이 송곳이 되어 방패인 뮤톤을 뚫는다. 그 선두의 송곳은 그 어떠한 것보다 강하고 날카롭게 적을 파고들었다.

하지만 언제까지나 내달릴 순 없다. 이쪽에 송곳이 있다면, 저쪽에는 방패가 있다. 하나의 힘이 아이란을 멈추어 세웠다.

거침없는 힘의 종착역이 된 것은, 너무나도 붉어 마치 어둠처럼 보이는 리히트. 그 힘의 소유자가 아이란에게 인사를 건넸다.

"오랜만입니다, 형님."

막아선 이, 지금은 크란 그락서스 뮤톤이란 이름으로 불리는 아이란의 동생 크란. 바로 그가 아이란을 막아섰다.

"그리 오랜만인 것 같진 않구나. 그때 이후로 그리 시간이 흐르지 않았으니까."

"그렇군요. 그런데 지금 이곳에서 무엇을 하고 계신 겁니까?"

"보면 모르겠느냐? 너와 칼을 맞대고 있지 않느냐."

"후후……."

"그것보다 많이 컸구나. 리히트라니……."

"뭐, 형님의 재능만 하겠습니까?"

크란이 씩 웃는다. 그러나 차가운 웃음. 눈은 웃고 있지 않았다. 아니, 그 두 눈에서 무언가, 광기라 해야 할지 귀기라 해야 할지 모를 기운이 느껴졌다. 혹 그 둘 다일 수도 있고.

"어머니."

어머니. 대부인 루디아를 말하는 것인가.

"어머니가 돌아가신 것은 알고 계십니까?"

"들었다. 급사를 당하셨다지."

뮤톤 백작령으로부터 들어온 소식에 의하면 대부인 루디
아는 죽고 장례를 치렀다고 했다. 그것이 벌써 한참 전의 일.

"잘 알고 계시는군요."

화르륵!

크란의 눈에서 마치 붉은 안광이 타오르는 것 같다.

"바로 당신이 죽였으니까 말입니다!"

콰콰콰콰!

크란의 검에 담긴 리히트에서 빛이 번쩍이며 붉은 기운이
걷잡을 수 없을 정도로 커졌다. 아니, 커진 정도가 문제가 아
니었다.

농도 역시 진해져 처음 칼을 감싼 반투명한 형상은 어느새
피처럼 붉은 기운을 뚝뚝 떨어뜨리고 있었다.

그야말로 기운의 폭주.

아이란은 이러한 현상을 알고 있었다.

'입마(入魔)!'

마귀에 들다.

감정이 조절되지 않아 리히트가 골수에까지 스며들어 걷
잡을 수 없을 정도로 폭주하게 되는 현상. 폭주하는 덕분에
입마 상태의 사람은 평상시와는 전혀 다른 힘을 구사한다.

육체의 유지를 위해 존재하던 힘의 제한이란 잠금장치를
풀어버리니 그 육체가 가진 모든 힘을 쏟아낼 수 있는 것이

다. 그러한 것을 본다면 입마가 좋은 것이라 여길 수도 있지만 절대 아니다.

애초 육체가 자신이 가진 모든 힘을 쓰지 못하는 것에는 이유가 있는 법이다. 그러한 이유를 무시하고 강제로 쏟아내니 육체가 가질 부담은 얼마나 될까. 또한 그러한 상태 속에서 제정신을 유지하는 이가 과연 얼마나 될까.

마인이라 불리는 이들이 문제가 되는 것이 이것이다.

제한이 풀린 강대한 힘. 그 힘을 컨트롤할 수 없는 정신. 무엇이든 썰어버릴 미쳐 버린 놈에게 전가의 보도를 쥐어준 것이다.

"아이라아아안!"

분노의 고함. 감정의 인도에 따라 그 안에 담긴 리히트는 가히 음공이라 칭해도 부족함이 없을 정도이다.

전신을 울리는 그 고함에 대항하기 위해 아이란은 호신강기, 리히트 아머(Licht armor)를 시전해야 했다.

"아이라아아아아아안!!"

우르릉!

리히트 아머를 구사했건만 그 막을 통과해 천둥처럼 울린다. 그러나 아이란은 그것에 신경 쓸 틈이 없었다.

마치 신의 칼날처럼 아이란을 향해 휘두른 검을 피해야 했기에.

'젠장!'

아이란이 말을 박차고 뛰어올랐다.

히이이잉!

크란의 검에 말은 단숨에 참수되었다. 순식간에 찾아온 자신의 죽음을 믿지 못해 끔뻑거리는 말의 눈. 아직 생명이 끊어지지 않은 그 안구에 마지막으로 비춰진 것은 동족의 발굽.

아이란을 쫓는 크란의 말이 그대로 참수된 말의 머리통을 짓밟았다.

"아이아라아아안!!"

크게 휘둘러진 크란의 검. 이번엔 탄환처럼 리히트가 쏘아졌다.

이것은 피해선 안 된다. 피한다면 그의 뒤 그락서스의 생명을 덮칠 것이다. 그가 막아야 했다.

아이란의 검에 담긴 짙은 어둠이 더욱 짙어졌다.

하이어 리히트까진 아니지만 보통의 리히트보단 훨씬 강력한 힘.

어둠과 피가 맞부딪쳤다.

콰아아아앙!

하늘이 갈리고 땅이 울리는 천지의 붕음(崩音).

"크으으윽!"

힘을 채 해소하지 못한 아이란이 사정없이 밀려났다. 땅에 박힌 그의 발이 밀려 고랑이 형성되었다.

"죽어라아아아!!"

쾅!

"죽으란 말이야!!"

콰쾅!

"죽어! 죽어! 죽어!"

콰콰콰쾅!

사정없이 아이란이 뒤로 밀렸다. 크란의 힘은 시간이 지날 수록 더욱 커져갔다. 이대로는 안 된다. 아이란은 결심을 해야 했다.

마침내 아이란이 결심했다.

그의 검에 담긴 어둠이 마치 우주 한 공간, 빛마저 먹어치우는 괴물과 같이 짙어졌다. 공간마저 먹어치울 탐욕스러운 괴물이 아이란의 검에 강림했다.

아이란 특유의 하이어 리히트의 발현이다.

"이제까지와는 다를 것이다!"

그의 손에서 펼쳐지는 악룡대조! 하이어 리히트까지 동반된 그 위력은 그야말로 개세!

크란은 만만치 않다 여겼는지 좀 전의 아이란처럼 말을 박차고 뛰어올랐다.

좌아아악!

악룡대의 발톱. 한번 베었으나 결과물은 세 개. 크란의 말이 네 토막이 되었다.

"죽어라아아아!!"

사람이 뛰어오른다면 중력에 의해 낙하하는 것은 당연한 과정. 크란은 그 낙하의 과정을 이용, 힘을 실어 아이란에게 내려찍었다.

검술의 베기가 아니었다. 그저 도끼처럼 내려찍을 뿐이다. 그러나 그 속에 담긴 위력은 무섭기 그지없었다. 단순한 만큼 그 외 모든 것을 힘에 실은 것이다.

그렇다면 그 힘, 받아주겠다.

모든 것을 실은 통한의 일격에 아이란 역시 전력을 다해 검을 위로 올려치며 맞받아쳤다.

일순간, 리히트의 충돌로 인해 빛이 번쩍이며 사방으로 터져 나갔다.

그리고 잠시 후.

우르르, 쾅쾅!

천둥 같은 소리가 전장에 울려 퍼졌다.

"아이라아아아아아아아아안!!"

멀리 튕겨져 나간 크란이 순식간에 달라붙으며 거침없이 마구잡이로 검을 내질렀다.

힘을 다루는 방법을 잊어먹은 모습. 폭주라는 단어가 더없이 잘 어울리는 상태. 그러나 그 손에 쥐어진 힘은 강대하기 이를 데 없다.

베어오는 칼날을 비껴 막으며 아이란은 크란의 몸속으로 파고들어 갔다. 그리고 팔꿈치를 그대로 크란의 가슴에 작렬.

쿵!

"컥!"

상당한 충격을 받은 듯 뒤로 물러나 비틀거리는 크란. 그러
나 그것이 끝이 아니었다. 아이란은 팔꿈치를 내지른 팔을 그
대로 돌려 주먹으로 크란의 턱을 올려쳤다.

"크아!"

아이란이 올려친 힘이라면 하늘에 떠 멀리 튕겨져 나가야
하는 것이 정상. 그러나 크란은 그렇지 않았다.

피와 같은 안광을 번뜩이며 그는 버텨냈다. 아니, 그것도
모자라 반격까지 가했다.

"크악!"

괴성을 지르며 크란이 아이란의 손을 물려 했다. 그에 아이
란이 손을 빼는 것은 당연지사. 그 상태 그대로 이번엔 크란
의 손이 작렬했다.

빠지는 손과 같이 그의 주먹이 내질러졌다.

그 주먹이 폭발한 곳은 바로 아이란의 가슴.

쾅!

리히트 아머가 단숨에 깨져 버렸다. 그 충격이 육체를 통해
전신으로 전달되었다. 고통이 뼈와 살을 분리시키는 것 같다.

"큭! 강하구나."

아이란이 크란을 노려보았다.

강대한 타격을 주긴 했다. 그러나 자신도 입었다. 한 대씩

주고받은 상황. 이것으론 안 된다. 확실한 한 방. 저 미친놈을 한 번에 끝낼 수 있는 강대한 한 방이 필요했다.

악룡대조? 탐서충각? 마신삽창?

'아니, 안 된다.'

이러한 것들론 안 된다.

'신마혼우정?'

아니, 이것 역시 무리다.

'그렇다면 하나뿐.'

오른손에 들고 있는 검. 하이어 리히트가 유지된 그 검에서 붉은 기운이 돌았다. 그 무엇보다 짙은 홍염의 기운.

그와 반대되는 왼손. 그곳에는 무엇보다 시린 빙하와 같은 푸른 기운이 돈다.

악염과 마빙이다.

천절.

십전마신강의 진정한 힘인 천절 중 두 개의 힘이 발현된 것.

"크아아아아악!!

심상치 않음을 감지한 크란이 괴성과 함께 달려들었다. 그에 아이란은 대지를 박찼다. 그와 함께 울리는 소리.

퍼퍼퍼퍼펑!

리히트가 담긴 공기가 사정없이 터져 나가 크란에게 충격을 주었다. 오랜만에 발휘되는 공보인 비천공무보의 진공폭!

아이란의 신형이 순식간에 크란의 뒤로 이동했다.

진공폭으로 인해 잠깐 멈칫한 크란.

이 틈이다. 아이란이 왼손에 담긴 마빙을 오른손, 검의 악염에 쑤셔 박았다.

악염과 마빙이 반발하고, 아이란은 몸속에 존재하는 모든 오로라를 이용, 반발력의 방향을 조절했다. 그리고 검을 그대로 땅속에 박았다.

우르르!

땅이 울렸다.

콰콰콰콰콰콰쾅!

이어 붉고 푸른빛의 기둥이 그대로 솟구쳤다. 그 대상은 크란.

마신삽창!

회오리 형태가 아닌, 일점에 집중한 빛의 기둥 형태의 마신삽창!

천절의 힘이 그대로 담긴 마신삽창이 제대로 작렬했다. 그야말로 천절이란 이름에 걸맞게 하늘이 두려워할 정도의 힘!

그 압도적인 힘의 작렬에 적중당한 이는 비명조차 지르지 못했다.

그 거대한 빛의 기둥 덕분에 전투는 완전히 소강 상태에 접어들었다.

아이란과 크란이 전투를 벌이는 중앙 일부분만이 아닌, 평원 전체에 걸친 소강.

모두들 멍하니 이 거대한 이적의 현장을 바라보았다.

잠시 후, 빛의 기둥이 사라졌다.

"젠… 장……."

힘이 빠지긴 했지만 살아 있는 목소리.

끈질겼다.

아이란은 질린 눈으로 빛이 강림했던 그 현장을 바라보았다.

사람의 형체가 서 있었다.

"아아… 나는 지지 않았어……."

모든 것이 재로 화해 태초의 모습만을 간직한 크란이 아이란에게 손을 뻗었다.

"내가……."

"……."

"내가… 그락서스의… 백작이다……."

흐느적.

"어머니……."

그 말을 끝으로 크란은 쓰러졌다.

"우와아아아아아아아!!"

그락서스 군이 승리의 환호성을 질렀다.

전투는 끝나지 않았지만, 대장전에서 승리한 환호성이다.

그락서스의 사기는 솟구치고, 반대로 뮤튼 군의 사기는 급락

했다.

"무엇들 하는가! 이 틈을 놓치지 마라! 공격하라!"

발론 자작의 외침!

그에 그락서스 군은 실의에 빠진 뮤톤 군을 공격했다. 뮤톤 군이 정신을 차렸을 때에는 이미 전열이 와해된 후.

결국 그들은 후퇴할 수밖에 없었다.

그락서스, 대승 또 대승. 그들의 대승이었다.

*　　　*　　　*

"그는 어떠한가?"

슥슥—

피와 기름이 덕지덕지 묻은 칼날을 정리하는 아이란. 그의 물음에 뒤에 서 있던 발론 자작이 대답했다.

"응급치료를 마치고 생명에 지장이 없음을 확인, 기사들의 감시하에 특별 포로를 수용하는 막사에 수용 중입니다."

"그런가. 치료는 확실하게 해놓도록. 어찌 되었든 그락서스의 핏줄이다. 또 비싼 몸이시기도 하고."

"예, 알고 있습니다."

이야기 주제의 대상. 그가 누군지는 뻔했다.

크란.

아이란에게 패배해 포로로 잡힌 그의 이야기였다.

그 강대한 공격이 작렬하고도 생명의 지장이 없다니 질기디질긴 목숨이다.

'어쩌면 죽지 못하는 것일 수도 있지.'

한이 깊기에 그 한을 풀기 전까진 절대 죽지 못하는 것일 수도 있었다. 대체 무엇이 그의 한을 그리 키웠을까. 짐작 가는 요소가 없는 것은 아니지만, 대체 무엇일까.

'뭐, 지금은 그것보다 다른 것을 신경 쓸 때인가.'

검을 내려놓은 아이란이 탁자 위에 있는 종이를 집어 들었다. 오늘 전투의 결과를 담은 보고서로 아군 병력의 희생과 물리친 적의 수 등이 적혀 있었다.

"흠!"

훑어 내려가던 아이란의 입에서 침음이 흘러나왔다.

아군 병력 일천 사상.

대부분은 부상을 입은 부상자이고 사망자는 소수이긴 하나 그래도 일천에 달하는 사상자가 나왔다는 것이 마음에 들지 않았다. 사상자는 적으면 적을수록 좋다.

"어찌 보면 배부른 소리일 수도 있겠군."

아마 뮤톤 백작이 보았다면 아이란의 명치에 주먹을 날렸을 것이다.

아군 측 사상자의 밑의 란.

시체로 집계된 적의 순수 사망자가 일천에 달했으며, 포로는 그보다 더한 이천에 달했다.

그야말로 대승 중의 대승. 그동안 팽팽하던 것이 한 번에 터져 나오며 이루어낸 결과였다.

아마 지금쯤 아이란과 같이 전투 결과를 보고받고 있을 뮤톤 백작은 뒷목을 부여잡고 있을지도 모른다.

'그렇기에 더욱 조심해야겠지.'

적은 궁지에 몰릴수록 위험한 법. 그리된다면 쥐도 고양이를 무는 판에 하물며 뱀은 어떠할 것인가. 그것도 독니까지 품은 뱀이다. 아이란이 방심하는 그 순간, 웅크려 두었던 몸을 튕겨 뛰어올라 단숨에 그의 목을 독니로 물어뜯을 것이다. 아이란은 그렇게 당하지 않기 위해 준비를 해야 했다.

"자, 그럼 회의를 시작하지."

＊　　　＊　　　＊

반대편, 뮤톤 백작군의 군영. 일전의 승리로 들떴던 분위기는 온데간데없이 줄초상을 치른 상갓집 분위기다. 그 상갓집 상주의 막사에선 숨이 막힐 듯한 정적이 이어지고 있었다.

"……."

쾅, 쾅, 콰앙!

상주 뮤톤 백작이 탁자를 마구 내려쳤다.

쌓인 울분을 배설하듯 감정을 표출하는 뮤톤 백작. 그러나 그것만으로는 도저히 풀리지 않는지 붉어진 눈으로 자리한 이들을 노려보았다.

"네놈들!"

쾅!

"대체 무엇을 하는 놈들이냐!"

뮤톤 백작이 일갈했다. 그 서슬 퍼런 고함에 다른 이들은 아무런 말도, 아니, 입도 떼지 못했다.

"말을 해보란 말이다! 대체 무엇을 하는 놈들이냐!"

퍼억!

"컥!"

뮤톤 백작이 그들에게 물건을 집어 던졌다. 손에 잡히는 대로 모조리 집어 던지는 탓에 다치는 이들이 속출했다. 그러나 뮤톤 백작은 그만두지 않았다.

그만큼 지금 그의 분노는 대단했다. 아니, 대단한 정도를 넘어 처절하기까지 했다.

"너!"

뮤톤 백작이 한 사람을 지목했다.

"말해보아라! 대체 우리가 무엇 때문에 진 것이냐? 왜 삼천이 넘는 병사를 잃어야 했는지 말해보아라!"

삼천이면 뮤톤 군에서도 절대 작은 비중이 아니다. 그러한 대군을 잃었기에 뮤톤 백작의 분노는 당연했다.

"그, 그것은……."

"말해보라니까!"

"저도… 잘 모르겠습니다."

짝!

뮤톤 백작이 다가가 그의 뺨을 쳤다.

"네놈!"

"예!"

이번엔 그 옆 사람이다.

"네놈이 말해보아라! 대체 무엇 때문이냐? 대체 무엇 때문에 우리가 졌느냔 말이다!"

"아이란, 아이란 그락서스 백작 때문입니다."

"아이란?"

"예."

말라카 뮤톤은 군영에 남아 있어 전장의 상황에 대해 잘 몰랐다. 아이란이 어느 정도 활약을 했을 수도 있지만 진 것이 그 때문이라니?

그가 어느 정도 활약을 했길래?

"아이란 백작은 크란 공자와 일기토를 벌이며 하이어 리히트를 사용했습니다."

"하, 하이어 리히트! 그가 육 단계에 들어선 벨라토르였단 말이냐?!"

"예, 틀림없습니다. 제가 똑똑히 보았습니다."

말라카 뮤톤은 할 말을 잃었다. 그리고 잠시 후, 겨우 정신을 차린 그가 다시 입을 열었다.

"그래, 그가 육 단계의 슈발리에라고 치자. 그런데 고작 슈발리에 하나에 삼천을 잃었다는 것이 말이 된다고 생각하나?"

"아이란 백작은 보통의 슈발리에가 아니었습니다. 그가 크란 공자와 싸우며 보여준 힘은 정말 인간의 경지를 벗어나 보였습니다. 그로 인해 병사들이 겁을 먹어 후퇴, 그 과정에서 대부분 사상자와 낙오자가 발생했습니다."

뮤톤 백작은 다시 할 말을 잃었다.

"…그래서 겁을 먹었다는 것이로군."

"예."

짝!

그의 얼굴이 돌아갔다. 말라카 뮤톤이 다시 뺨을 친 것이다. 분노에 찌든 말라카 뮤톤이 불호령을 일갈했다.

"이 한심한 놈들!"

"……."

"도망치는 와중에 병사들을 잃었다니! 대체 네놈들이 할 수 있는 것이 무엇이냐! 네놈들의 존재 이유가 무엇이냐는 말이다! 이 밥벌레 같은 놈들! 내 네놈들의 가문을 전부 멸절시킬 것이다!"

말라카 뮤톤이 폭언을 쏟아냈지만 사람들은 감수할 뿐이다. 잠시 후, 씩씩거리던 말라카 뮤톤이 진정했다. 그리곤 믿어지지 않을 만큼 냉막하게 표정이 바뀌었다. 그를 독사라고 불리게 만들어준 차가운 피를 가진 뱀의 모습이다.

"내일."

그가 씹어 먹을 듯 내뱉었다.

"내가 직접 병사들을 이끌겠다."

말라카 뮤톤.

그의 진정한 친정이 시작되었다. 그것은 전황에 어떠한 영
향을 줄 것인가.

*　　　*　　　*

대승으로부터 일주일 가까이 지났다.

군단을 재정비한 그락서스가 여세를 타고 몰아치려 할 때
마다 뮤톤 역시 재정비 시간을 가지며 회피하고 물러났다. 그
덕분에 그락서스는 큰 수고를 들이지 않고 점령할 수 있었지
만 너무 깊숙이 들어갔다. 결국 그락서스는 뮤톤 평원의 중간
쯤에서 진군을 멈추었다.

점령도 좋지만 길어진 보급로가 그락서스의 입장에선 부
담이 되었다.

그 예로 뮤톤 군은 물러나면서도 꾸준히 매복과 별동대 등
을 운용해 그락서스의 보급선을 건드리고 있었다.

그락서스의 센리온 별동대와 같은 포지션. 그러나 그 집요
함은 한번 물면 떨어지지 않는 뱀을 연상케 하였다. 벌써 그

락서스의 보급 창고 여러 곳이 불타올랐다.

경계 인원을 늘리고 호위를 아무리 늘려보았자 온갖 물건을 꺼내 들고 나온 적들에겐 속수무책. 자원이라는 것이 왜 무서운 것인지를 뼈저리게 깨닫게 해주고 있었다.

쥐어짜 내고 있는 그락서스, 상당한 타격을 입긴 했지만 그동안 쌓아둔 여력이 빛을 발하는 뮤톤.

전면전 등 전황을 본다면 그락서스가 유리하나 뮤톤이 그 막대한 자원을 투자해 병력을 정비한다면 우위는 언제든 뒤바뀔 수 있었다.

"철저히 저희를 말려 죽일 생각으로 보입니다."

오늘도 어김없이 시작된 회의. 칼의 의견에 다른 이들이 동조하며 의견을 보탰다.

"저 역시 칼 경과 같은 생각입니다. 교전을 피하고 저희의 후방을 도모하며 전방과 후방의 단절을 꾀하고 있습니다."

"그 작전의 일환으로 지금 보급로는 불안하기 짝이 없습니다. 적의 집중 공격에 수없이 두들겨 맞아 호위 병력을 증원할 수밖에 없습니다."

"호위 병력의 증원은 결국 전방의 약화입니다. 적들은 지금 저희의 군세를 분산시킬 생각입니다."

더러는 과격한 의견도 나왔다.

"차라리 모든 병세를 모아 한 방에 승부를 보지요. 이대로 가다간 각개격파를 당할 수도 있습니다."

"그 의견에 저는 반대입니다. 어디까지나 저희의 목적은 시간을 끄는 것입니다. 굳이 뮤톤 군을 물리칠 필요가 없지요. 킹스로드가 끝이 나고, 아르낙스 공작과 일 왕자 파벌이 뮤톤 영지를 완전히 정리하여 주겠다고 하지 않았습니까. 굳이 뮤톤을 처리하며 저희의 전력을 약화시킬 필요는 없습니다."

"그렇지만 만일 패배할 경우도 생각해 보아야 합니다. 패배한다면 저희는 이제까지 점령한 곳을 지키기 위해 현지에서 방어하거나 그락서스로 후퇴할 수밖에 없습니다. 만일 뮤톤 군을 밀어내고 뮤톤 영지를 완전히 차지할 수 있다면 마샬 공작령과의 경계에 위치한 알슈피스(Ahlspiess)에서 방어를 할 수 있습니다."

알슈피스는 송곳창이란 의미로 마샬 공작령과의 경계 측에 위치한 뮤톤 영지의 요새였다. 송곳창이란 이름이 붙은 만큼 어디까지나 수성을 위한다기보다 진군을 위한 전진 요새로 이 송곳창 때문에 마샬 공작령에선 쉴드 오브 문(Shield of moon)이라는 방어 요새를 쌓아야 했다.

알슈피스는 공격에 특화되어 있긴 하지만 주변 환경 등이 수성에서도 결코 뒤떨어지지 않게 만들었다. 불락은 아니지만 난공은 틀림없는 요새. 그락서스로 치면 엘모로 요새와 같을까.

"그렇게 된다면 더없이 좋습니다만, 적들이 알슈피스에서 농성한다면 저희가 공성을 진행해야 합니다. 만일의 사태에 저희 병력이 앞뒤로 포위되어 섬멸될 수도 있습니다."

"저 역시 마찬가지. 그러한 경우엔 차라리 그락서스로 후퇴하여 방어를 하고 이 왕자를 인정하며 후일을 도모하는 것이 좋을 것이라 생각됩니다."

"그렇게 될 시 기껏 점령한 점령지를 그대로 날리게 됩니다."

"점령지보단 생존이 우선입니다. 그리고 점령지를 유지한다고 해도 점령지의 운영은 어떻게 할 것입니까? 영지의 재정이 말이 아닙니다. 점령지를 정상화하고 수익이 제대로 나올 때까지 영지의 재정을 투입해야 하는데 몇 년은 적자가 날 것입니다. 그렇게 까지 될 일은 없겠지만 영지가 파산을 하거나 기껏 돈만 쏟아 붓고 점령지를 포기해야할 수도 있습니다."

모두의 의견이 다 다르다. 그 의견이 모두 맞는 소리이기에 딱히 하나를 집어 선택할 수가 없었다. 이럴 때 결정을 내리는 것이 바로 아이란의 몫. 그러나 그 아이란 역시 어떠한 결정을 내려야 할지 감을 못 잡고 있었다.

이 의견을 선택해야 할까? 그러다 상황이 반대로 진행되면? 그렇다면 저 의견을 선택해야 할까?

결국 머리를 싸맨 아이란이 한숨을 내쉬곤 말했다.

"우선 이 문제는 훗날 논의하도록 하지. 아직 수도 공성에 관한 소식도 제대로 전해지지 않았으니 말이야."

"맞습니다. 최악을 대비하는 것도 좋지만 지금은 현재의 일 처리가 먼저입니다."

"덧붙이자면 이미 말씀드렸지만 아르낙스 공작의 전언으로 볼 때 절대 수도 공성의 전황이 나쁘지 않습니다. 걱정거리이던 바람을 다루는 자에 맞서는 대지를 다루는 자가 나타나 아군에 섰다고 합니다. 바람을 다루는 자를 대지를 다루는 자가 막아주어 공성은 수월히 진행되고 있어 이미 제1외벽은 넘었고 제2외벽의 공성이 진행 중이라고 합니다."

바람을 다루는 자와 대지를 다루는 자.

브라간사 공작과 슐레스비히 공작.

그락서스의 이들은 모르지만 그들은 아이란을 찾는다는 하나의 목적을 가진 같은 조직에 속한 자들이었다.

더불어 그들이 이 전쟁에 끼어든 목적이 아이란을 찾는 것이라는 것을 알게 된다면 이들은 깜짝 놀랄 것이다. 아니, 깜짝 놀라는 정도가 아니다. 경악을 넘어선 경악, 혼돈의 상태에 빠질지도 몰랐다.

그들의 힘은 서신을 통해 전해 들은 것이 전부지만, 그것만으로도 굉장함을 알 수 있었다. 그러한 이들의 목적이 아이란이라니. 경악하기에 충분했다.

어찌 됐든, 지금 상황은 좋다.

"저 지평선과 같던 끝이 조금씩 보이는 것 같군."

"예. 지평선 너머로 해가 떠오르고 있습니다."

그 해가 누구를 향해 햇살을 비추어줄지는 아직 모른다. 그러나 햇살은 분명 우리를 향해 비추어줄 것이다.

이 땅을 살아가는 모든 이의 희망이었다.

*　　*　　*

회의를 마친 아이란이 향한 곳은 경계가 삼엄한 어느 막사였다. 포로를 수용한 곳에서도 특급의 포로를 수용한 곳으로 아주 중요한 사람이 수용되어 있었다.

아이란이 이곳에 온 목적은 그 중요한 사람이 깨어났다는 보고를 받아서였다.

"깨어났다고 들었는데."

아이란의 말에 침대에 누워 있던 이가 눈을 떴다.

"예, 깨어는 났습니다."

"몸은 괜찮은가?"

"금방이라도 죽을 것 같습니다만, 이러한 고통을 느끼는 것도 제가 살아 있기 때문이겠죠. 그러한 것을 본다면 저는 괜찮은 것 같습니다."

빙긋 웃는 이 남자는 바로 아이란의 동생 크란이었다.

"다행이군. 미쳐 날뛸 줄 알았는데."

"지금이라도 날뛰어 드릴까요?"

"아니, 사양한다. 이러한 농담도 날리는 걸 보면 괜찮은가 보군."

"예. 몸은 고되지만 정신은 깨끗합니다. 오랜만에 각하, 아니, 형님과 이렇게 대화를 나눌 수 있게 되어 정말 좋군요."

모든 것을 털어내고 깨끗하게 패배하여 그런가. 크란의 정신은 더없이 맑고 깨끗했다.

아이란 역시 그와 검을 맞대며 그동안 쌓였던 감정을 털어내었기에 두 형제의 만남은 생각보다 평범했다.

아니, 이 둘의 관계를 생각하여 볼 때 이 평범함이야말로 비정상. 비정상적인 형제의 이야기는 계속 진행되어 갔다.

"그렇다면 다행이군."

"그 말, 조금 전에도 하셨습니다."

"그런가?"

그 후 둘은 갖가지 이야기를 나누었다. 어릴 적 이야기부터 시작해 성장하면서의 이야기. 서로 사이가 좋지 않던 둘이지만 그락서스의 혈통이란 공통의 분모가 존재하기에 이야깃거리는 떨어지지 않을 수 있었다.

"그런데, 형님."

"왜 그러지?"

"…사실 저도 믿고 있지 않습니다만……."

왠지 크란이 말하려는 것을 알 것 같았다.

"루디아 대부인의 이야기를 말하는 것인가?"

"…예."

"확실하게 말하지. 나는 그분의 죽음에 관여한 것이 없다. 믿거나 믿지 않거나 판단은 너의 몫. 그러나 나는 추호도 관여하지 않았다."

"그렇군요."

크란이 살짝 고개를 끄덕였다.

"후후."

크란이 공허한 눈으로 하늘을 올려다보았으나 그 눈에 비추어지는 것은 오직 천장뿐.

"제 운명의 끝이 보입니다. 이 전쟁이 끝나고, 저는 목이 걸리겠지요."

"음······."

아이란은 부정하지 않았다.

가신들과 크란의 처리에 대해 논의해 본 결과, 아직 투옥되어 있는 파를론 야로스를 비롯해 반역의 주역들과 함께 처형하기로 결론을 내렸다.

만일의 경우를 대비해 언제든 뮤톤 백작과 협상할 준비도 갖추어놓았지만, 제1의 목표는 크란의 처형이다. 크란은 이대로 압송되어 광장에서 목이 잘려 장대에 걸릴 것이다.

"그래도 외롭진 않겠군요. 외할아버님을 비롯한 분들과 함께하니 말입니다."

살짝 웃는 그 모습이 더없이 처량하고 공허해 보인다.

"결국 이렇게 될 것, 왜 그리 살았는지 모르겠습니다. 외가와 어머님의 기대에 부응하기 위해 형님과 적대하고 말입니다. 차라리 계승권을 포기하고 살았더라면 이리 치이고 저리 치이진 않았을 것 같습니다."

청년이라기에 조금은 부족한 앳된 모습을 가진 소년과 청년 사이의 크란. 그가 더없이 순수한 미소를 지었다. 아이란의 기억 속에서 악독하기만 하던 그 크란이 맞는지 의문이 생길 정도. 아니, 그 기억을 모조리 세탁해 버릴 맑은 미소다.

"아아, 오랜만에 정신이 맑게 갠 덕분에 홀가분해질 수 있었습니다."

"다행이구나."

"예, 정말 다행입니다. 아, 그리고 뮤톤 백작령을 완전히 접수하신다면 메리아만큼은 잘 챙겨주시길 바랍니다."

"메리아라면……."

메리아. 뮤톤 백작의 여식으로 아이란에게 혼담을 제의했던 상대, 그리고…….

"예, 제 아내입니다. 뭐, 명목상 아내이고 각방을 쓰며 동침도 한 번 한 적 없습니다만 그래도 제 아내입니다. 제가 첫눈에 반한 여자이지요."

"그런가."

"예, 그렇습니다. 아아, 말을 많이 하였더니 피곤하군요. 이 못난 동생은 이만 쉬어야겠습니다."

"내가 너무 오래 붙잡아두었나 보군. 쉬도록 하여라."

"나가지 못하는 것을 이해하여 주십쇼."

크란의 축객령에 아이란은 막사를 나올 수밖에 없었다.

높디높은 하늘을 눈에 가득 담으며 아이란은 한숨을 내쉬었다.

뭐랄까, 기분이 찜찜했다.

그러한 형의 뒷모습을 바라보며, 크란은 조용히 눈을 감았다.

'모든 것은 순리대로 이루어졌어야 했다.'

그 순리를 받아들이지 못했기에, 크란은 그동안 미쳐 있었다. 그로 인해 인간으로서 해서는 안될 짓도 한 적이 있었다.

'후회한다.'

후회하고 또 후회한다.

처음부터 받아들일 것을.

눈앞에서 곧 잡힐 것 같던 보물들은 신기루와 같이 사라진 지 오래. 순리를 부정한 대가는 결국 나 자신의 피폐만이 남게 되었다.

크란은 그것을 곱씹고 또 곱씹었다.

얼마 남지 않은 생. 풀 문제 하나쯤 있으면 적어도 마지막 순간까지 심심하진 않을 것이다.

그 과정에서 크란의 정신은 한층 성장해 갔다. 그러한 모습 속에서 과거의 그림자는 점점 옅어졌다.

*　　　*　　　*

며칠 후.

아이란과 그락서스는 뮤톤 측이 포로 협상의 여지가 없음을 확인, 크란을 비롯한 그락서스 출신의 포로들을 그락서스로 이송하였다.

마차는 뮤톤 측의 습격도 받지 않고 무사히 그락서스의 영내로 진입할 수 있었다.

달그락달그락.

사방이 막힌 마차 안, 오직 숨 쉴 손가락만 한 틈만이 전부인 마차 안에 포로들이 수용되어 있었다.

특별대우라면 특별대우랄까. 하나의 마차를 단독으로 사용하는 크란이 틈을 통해 하늘을 바라보았다.

"그락서스로구나."

태어나 줄곧 자란 땅이다. 최근 본의 아니게 이 땅을 떠나긴 했지만 어디까지나 그는 그락서스 인.

이 땅의 공기만으로도 이곳이 그락서스의 대지라는 것을 알아챌 수 있었다.

저 하늘의 빛깔이, 대지의 냄새가 가르쳐 주었다.

"맑구나."

그락서스의 하늘은 맑았다. 언제나 생각하던 그 하늘 그대로다.

저 태평히 몇 조각 떠다니는 하얀 구름은 복잡한 세상, 아니, 인간사 따위는 전혀 상관없다는 듯 유유자적 평화로운 모습이었다.

"룰루루~"

오랜만에 돌아온 고향의 향취를 느끼며 콧노래를 흥얼거리는 크란. 이제 곧 성에 도착하면 처형될 그날까지 지하 감옥에 투옥될 것이다. 그리 된다면 처형일까지 저 하늘을 바라볼 수도 없을 터.

저 조그마한 틈을 통해 보는 푸른 하늘, 구름 한 점, 높은 산 하나하나가 모두 크란에겐 소중했다.

이제 와서 생각해 보면 꿈과 같지만~
스쳐 간 세월을 아쉬워한들 돌릴 수가 없다네~
후회를 하나 되돌릴 수가 없으니~
두 번은 살 수 없기에 그것이 인생이라네~

인생에 관한 노래. 그것을 부르기엔 아직 새파랗게 어린 크란이다. 그러나 그 속엔 무거움이 담겨 있었다. 크란의 조용한 노랫소리가 지나간 대지에 가라앉았다.

CHAPTER
8

승리.

victory.

성벽.

평상시 번쩍이며 빛을 발하던 성벽에 균열이 가 있다. 게다가 그것만이 아니다. 균열된 곳곳에서 연기가 피어오르고 있었다.

전체적으로 금방이라도 무너질 것 같은 볼품없는 성벽. 이것은 그라나니아 왕도 볼레로디움의 성벽, 정확히는 제2성벽이라 불리는 일종의 내성이었다. 이 제2성벽이 뚫린다면 귀족 지구와 함께 그대로 왕성까지의 길이 뚫리게 된다.

그러므로 필사적으로 방비해야 할 성벽이건만 그야말로 무방비. 이미 대부분 방어 병력은 왕성으로 철수했고, 연합군이 성벽을 점거하기 위해 움직이는 중이었다.

그 바쁜 현장 중에서 딱 한 명, 유난히 여유로워 보이는 이가 있었다. 여유로움을 넘어 태평, 나태해 보이기까지 하는 사내. 그의 이름은 아르낙스 마샬로 연합군의 최고 수뇌 중한 명인 마샬 공작이었다.

아르낙스는 활짝 열린 관문을 사뿐사뿐 통과해 안쪽으로 들어섰다. 성안은 처참한 형태의 성벽과는 달리 비교적 멀쩡한 건물들이 보였다. 대부분 넓고 웅장한 저택들로 진정한 왕도의 시작인 귀족 지구였다. 그러나 그 귀족 지구도 전쟁의 한복판에선 그냥 유령의 마을과 다름없었다.

"재미없어."

그 을씨년스러움에 감상평을 남기는 아르낙스이다.

아르낙스는 뒤통수에 팔짱을 끼우곤 말을 이었다.

"수도로 올라오고선 재밌는 것이 없군. 지루한 건물 깨기나 땅따먹기뿐이니까 말이야. 보고 싶은 인물들도 보지 못했고."

지루한 건물 깨기나 땅따먹기가 무엇을 뜻하는지는 누구나 알 수 있었다. 그런데 보고 싶은 인물이라니? 누굴 보고 싶은 것인가?

"바람을 다루는 자와 대지를 다루는 자. 대체 누가 있어 자연을 부릴 것인가!"

브라간사 공작과 슐레스비히 공작의 이명이 그의 입에서

흘러나왔다.

"대체 어떠한 모습일까? 한 번만이라도 좋으니 꼭 보고 싶구나."

브라간사 공작과 슐레스비히 공작은 어느 순간 양쪽 진영에서 모습을 감추었다. 그리고 그 다음 날이 바로 아르낙스가 도착한 날. 덕분에 아르낙스는 브라간사 공작과 슐레스비히 공작을 보지 못했다.

"아, 한 번만 보는 것은 억울하니 한번 붙어보는 것이 나으려나?"

전해 듣는 이야기만으로도 온몸이 짜릿짜릿해지는 아르낙스이다. 과연 그러한 무력을 가진 이들과 검을 맞대는 것은 어떠한 기분일까?

일부 상황을 제외하고선 이제까지 제대로 된 적수를 만나지 못한 아르낙스였다. 그는 호적수란 상대에 목말라 있으며 호승심이라는 감정이 마르지 않는 연못처럼 솟구치고 있었다.

아르낙스가 이렇게 만나고 싶어 하는 그들, 그들은 대체 어디에 있을까?

*　　　*　　　*

왕도 주변의 위성도시.

위성도시답게 왕도의 분위기에 많이 동화된 이곳은 현재 전쟁이 진행 중인 상황에 맞게 극히 침울해 있었다. 왕도와 같이 사람들이 집에서 나오질 않으며 어쩌다 나오더라도 용건만 재빨리 해결하곤 다시 집에 틀어박혔다. 골목을 뛰어놀던 아이들도 어른들의 엄한 주의와 감시에 나가지 못해 이미 아이들의 웃음소리가 도시에서 사라진 지 꽤 되었다.

전체적으로 불황인 상황. 그러나 딱 몇 곳, 평상시보다 성황을 이룬 곳이 있었다. 식료품이나 비상 물품을 판매하는 상점이라든지…….

"바로 이곳이라든지."

"누구에게 말하는 것이지, 슐레스비히?"

브라간사 공작이 갸웃하며 묻자 슐레스비히 공작은 멋쩍은 웃음을 터뜨렸다.

"하하! 아무것도 아니네, 형제여."

"그놈의 형제는, 언제까지… 아니, 아무것도 아니다."

브라간사 공작은 고개를 설레설레 저으며 마침내 포기했다.

"하하하! 그럼 마시자고!"

콸콸콸!

슐레스비히 공작이 브라간사 공작의 잔에 술을 콸콸 따랐다. 투명한 물과 같은 모습이지만 저 겉모습에선 상상도 하지 못할 독주가 맥주잔에 가득 채워졌다.

극히 조그만 잔에, 그것도 반잔씩 채워 마시는 것에 비하면 수십 배를 넘는 양이다. 그것을 슐레스비히 공작은 웃으며 브라간사 공작의 잔에 채웠다.

그렇다. 이곳은 바로 주점. 펍이라고 불리는 술집이었다. 전쟁이라는 기간을 맞아 성황을 이루는, 그러나 분위기는 극히 우울한 술집이었다.

떠들썩한 평소의 분위기는 찾아보기 힘들고, 모두들 어두운 안색으로 묵묵히 술만 목구멍으로 채워 넘겼다. 그렇기에 두 공작, 정확히는 슐레스비히 공작이 눈에 띄었다.

그 혼자만이 떠들썩하며 신이 나 있으니까.

"슐레스비히."

꿀꺽꿀꺽.

"슐레스비히."

"크으!"

브라간사 공작의 말은 듣는 둥 마는 둥 하며 입속으로 술을 쏟아 넣는 슐레스비히 공작. 잔 가득 채워져 있는 술을 전부 비운 후 머리 위에서 몇 번 터는 과정도 잊지 않았다.

"슐레스비히!"

"응? 왜 그러나, 형제여? 잔이 비었는가? 이런, 내가 미안하게 되었군. 얼른 내가 채워줌… 뭐야? 그대로잖아? 그럼 대체 왜 나를 불렀는가?"

"혹시 잊은 것은 아니겠지? 우리가 그라나니아로 온 목적을? 그분의 명에 관련된 것이다. 절대 잊어서는 안 될 것이다. 그것이 우리의 의무이자 사명."

그분이 언급되자 슐레스비히 공작의 얼굴이 살짝 달라졌다. 웃음기 가득한 것은 변함없지만 조금은 진지해 보였다.

"우린 아직까지 제대로 이야기를 나누지 않았다."

"알았네, 알았어. 그 무서운 표정 좀 풀게, 형제여."

"나는 연합군 쪽에 서서, 너는 이 왕자 쪽에 서서 각자 정보를 수집하기로 하였지."

"그렇지."

슐레스비히 공작이 빈 잔에 술을 채우며 고개를 끄덕였다.

"사르돈 로드리게즈. 그의 실종에 관해 알아낸 것이 조금이라도 있는가?"

"으음……."

"없나 보군. 대체 무엇을 한 것인가?"

"아냐, 아냐, 몇 가지 소식은 있다구."

슐레스비히 공작이 손사래를 쳤다.

"뭐지?"

"사르돈 로드리게즈가 실종되기 전날 볼레로디움 외곽의 별장에서 비밀회의를 소집했다고 하더라고. 그리고 실종되었지."

"비밀회의라……. 어떠한 이야기가 오갔는지 파악했나?"

"음, 그냥 누구를 밀어주자. 그리고 그 누가 왕이 되든 절대 주도권을 주어선 안 된다. 귀족들의 세상을 만들자. 이러한 정도?"

"평범하군."

"그리고 마지막으로……."

슐레스비히 공작이 잠시 뜸을 들였다. 그리고 개미와 같은 목소리로 말했다.

"자신이 왕이 될 포부를 밝혔다더군."

"그래서?"

"음? 그래서라니?"

"사르돈 로드리게즈 그 얼간이가 왕이 되고 싶어 한다는 것은 조직 내 그 누구라도 알고 있는 것 아닌가. 그가 그것을 세상에 밝힌다 하더라도 별로 중요한 이야기는 아니다."

"그, 그렇지만 아직 대공께서도 황제가……."

"대공의 이야기는 꺼내지 말도록. 그분을 대공이라 칭하고 입에 올리는 순간은 어디까지나 그분의 앞만으로 족하다."

브라간사 공작의 질책에 슐레스비히 공작이 깨깽 하며 야단을 맞은 강아지와 같은 표정을 짓더니 발악하듯 한소리 한다.

"그러는 형제는 무엇을 파악했는데?"

그에 브라간사 공작이 씨익 미소를 짓더니 눈앞에 놓인 술잔을 들어 순식간에 다 마셨다.

"그것은……."

"그것은……?"

"비밀이다."

"……."

한순간, 슐레스비히 공작의 얼굴이 멍해졌다. 그 표정을 즐기며 브라간사 공작은 자신의 빈 잔에 술을 채웠다. 그 후 슐레스비히 공작의 잔 역시 채워주었다.

"자, 그럼 마시도록 하지."

짠!

두 공작의 건배.

한쪽은 여유로운 표정이고 한쪽은 찜찜한 표정. 처음의 모습과는 정반대이다.

"내가 무언가 엄청나게 손해를 보고 있는 듯해."

"착각이다."

"그렇지?"

"그렇다."

"그럼 넘어가겠어."

꿀꺽꿀꺽.

술잔을 들이켜며 브라간사 공작은 생각했다.

'지금쯤 왕성의 공성이 한참 진행되고 있겠군.'

*   *   *

슈슈슈슈슈슉!

하늘을 뒤덮은 흑구름. 그것이 빠른 속도로 지면에 낙하한
다. 절대 자연적인 현상은 아니다. 그리고 그 생각은 맞았다.
이것은 바로 화살비이니까.

"으아악!"

"살려줘!"

"크악!"

쏟아져 내리는 화살비에 몸통이, 사지가 꿰뚫린 자들. 그들
이 비명을 질렀다. 이미 바닥엔 무수히 화살이 꽂혀 사망한
이들이 널려 있었다.

화살이 꽂혔지만 살아남은 이들, 그리고 이미 죽은 이들.
이들 중 따지자면 과연 누가 행복할까? 고통을 느끼며 살아
있는 자? 고통을 느끼지 않고 죽은 자? 과연 그 누가 있어 이
러한 문제를 풀 수 있을까. 그러한 문제를 여기 이 병사들이
들었다면 그 문제를 낸 자의 얼굴에 주먹을 쑤셔 박아주었을
것이다.

"더 쏴라! 쏴!"

불행히도 그들의 불행은 끝나지 않았다.

성벽의 아래쪽에서 또다시 화살이 쏘아져 흑구름이 되어
쏟아졌다. 방패를 숭숭 뚫고 들어오는 탓에 방패는 이미 무용
지물. 그 결과 조금 전까지 고통을 호소하며 비명을 지르던
이들에게 강제적으로 안식이 주어졌다.

그 모습을 착잡히 바라보던 성벽 위 사령관은 결국 고개를 저었다. 그리고 판단을 내렸다.

"백기를 걸어라."

"예? 그게 무슨 말씀이십니까?"

"이미 우리는 이길 수 없다. 이곳이 왕성이기에 공성 마법은 쓰지 않지만 화살만으로도 이 정도 피해. 결국 저들이 공성 마법을 동원한다면 더욱 막대한 피해를 입을 것이다. 어차피 함락될 것이라면 피해를 조금이라도 줄여야 하지 않겠는가."

사령관의 말에 부관은 고개를 떨구었다.

"어서 백기를 걸도록 전하게, 부관."

"…예."

결국 부관이 사령관의 명령을 전했다. 곧 성벽 위엔 백기가 올라가고 왕성 문이 열렸다. 그리고 그 문을 통해 병사들이 쏟아져 들어왔다.

"거짓된 왕 가브리엘을 찾아라!"

"가브리엘을 발견한 자, 그 누가 되었든 막대한 포상을 내릴 것이다!"

"가브리엘은 생포해라!"

연합군의 지휘관들이 목 놓아 소리쳤다. 병사들은 그에 더욱 힘을 얻어 왕성 곳곳으로 퍼져 나갔다.

그들의 목표는 걸어다니는 포상 가브리엘 그라나니아. 스스로 가브리엘 3세라 주장하는 이 왕자 가브리엘이었다.

"우와아아아아!"

거친 병사들의 손에 하인과 하녀들을 비롯한 성의 인원이 닥치는 대로 포박되었다. 피를 흠뻑 먹은 무기를 앞세운 병사들에게 그들이 할 수 있는 것은 벌벌 떠는 모습을 보여주는 것뿐.

"가브리엘 왕자는 어디 있지?"

"죽고 싶지 않으면 어서 말해!"

자신의 목에 닿는 금속의 싸늘함, 피의 뜨거움에 하인들은 목숨을 애원했다. 그 공포 앞에서 충성심을 유지할 수 있는 이가 몇이나 될까.

그러할 수 있는 자가 적기에 그들이 칭송받는 것. 그렇지 못한 자가 대다수이다. 이 하인들은 소수보단 다수에 속한 자, 특별하지 않은 이들이다.

그들은 공포에 오물까지 배출하며 이 왕자의 행방을 털어놓았다.

"이쪽이다!"

"이 왕자의 행방을 알아냈다!"

병사들이 우르르 몰려갔다. 그 모습을 뒷짐 지고 여유롭게 바라보던 아르낙스. 그는 행방을 털어놓은 하인에게 다가갔다.

벌벌 떨며 겨우 보전한 목을 쓰다듬고 있는 하인. 그 앞에 아르낙스가 쭈그려 앉았다.

"너."

"예……?"

"어디서 많이 봤는데?"

"저, 저야 왕성의 하인이니……."

"아니야, 아니야. 어쩌다 한 번 본 그런 느낌이 아니야. 분명 너, 어디서 많이 봤어."

아르낙스와 하인의 눈이 마주쳤다. 한 줌 미동조차 없는 아르낙스의 눈동자에 하인은 고개를 내려 눈을 피했다.

"어디야?"

"예?"

"어디냐고."

"무슨 말씀이신지……."

"가브리엘 왕자가 어디로 갔냐고."

"그거야 아까 병사들에게 말한……."

"좋은 말로 할 때 말해라, 가브리엘의 집사."

아르낙스가 하인, 정확히는 하인으로 위장한 집사의 말을 끊었다. 자신의 정체가 탄로 나자 집사는 몸을 벌벌 떨었다. 조금 전까진 몸을 떠는 것이 연기였다면 이번엔 진짜였다.

"말하지 않을 것인가? 뭐, 그래도 상관없지. 가브리엘은 좋겠군. 이러한 충신이 있다니 그 얼마나 부러운 일인가! 죽음을 각오하고 충성을 다하다니 이 얼마나 뜻깊은 일인가! 역사에 기록하고 후대에게 알려줄 이야기. 그러나 그러할 일은 없겠지. 기억하는 건 오직 나 하나뿐일 테니까."

아르낙스가 칼을 뽑아 들자 집사의 얼굴이 새하얗게 변했다.

"말, 말하겠습니다!"

"필요 없어!"

휘익!

"아악!"

목으로 칼이 떨어지자 집사는 눈을 질끈 감고 비명을 내질렀다. 곧 다가올 고통을 생각하며 짧다면 짧고 길다면 긴 인생의 주마등을 보았다. 그런데 주마등의 순간이라 그런가? 시간이 참으로 길게 느껴졌다.

"뭐 하냐?"

"예?"

뭐지? 자신이 아직 살아 있는가? 어리둥절한 표정을 지은 집사가 질끈 감은 눈을 살며시 떴다.

그를 뻔히 쳐다보고 있는 아르낙스가 보였다.

"제, 제가 아직 살아 있는 겁니까?"

"그럼 살아 있지. 왜? 죽여주랴?"

스윽.

아르낙스의 칼이 햇볕에 번쩍인다.

"아, 아닙니다! 절대 아닙니다!"

"싱겁기는. 그래, 가브리엘의 행방을 발설할 마음은 생겼나?"

결국 올 것이 왔다는 표정의 집사.

"그리 많은 시간을 줄 순 없어."

아르낙스의 재촉에 그는 잠시 후 고개를 끄덕였다.

"말하겠습니다."

"잘 생각했군."

"아퀴아입니다."

아퀴아는 왕성 내에 위치한 인공 연못이었다. 연못이라고 하지만 크기가 꽤 커 배를 띄워서 놀 수도 있는 곳.

"흐음, 아퀴아라……."

"아퀴아 지하에 비밀 통로가 하나 있습니다. 가브리엘 폐하는 그곳으로 탈출하셨습니다."

"호오! 그런 곳이 있었나?"

"예."

"좋아, 그럼 풀어주지. 가보도록 해."

"예? 정말입니까?"

"그럼 정말이지. 어서 가봐. 조심히 주위 잘 살피고."

"감, 감사합니다!"

집사가 아르낙스에게 절을 올리고 왕성을 탈출하기 위해 달리려는 순간,

휘익!

그의 목이 하늘 위로 떠올랐다. 베인 목은 중력에 의해 땅바닥으로 떨어져 뒹굴었는데 그 얼굴은 아르낙스를 향해 있었다.

믿지 못하는 표정. 그것을 아르낙스는 씁쓸히 바라보았다.

"적의 조력자는 하나라도 더 줄여두는 것이 좋지."

저 집사가 탈출하면 가브리엘에게 어떠한 도움을 줄지 모른다. 그 위치를 발설했다는 죄책감에 가브리엘을 더 적극적으로 도울 수도 있었다. 그렇기에 아르낙스가 집사의 목을 벤 것이다.

"폐하라……."

조금 전 집사가 가브리엘을 부른 명칭.

전하도 아니고 폐하. 황제를 칭하는 말이다. 그것은 가브리엘의 야망을 엿볼 수 있는 말이기도 했다.

"폐하를 폐하로 만들기 위해 얼마나 많은 피를 흘려야 할까?"

가브리엘이 왕이 되었다면 황제가 되기 위해 다른 나라와 전쟁을 일으켰을 것이 틀림없었다. 추측이고 가정일 뿐이지만 조금 전 그 명칭이 확신을 더해주었다.

"한 가지 확실한 것은 지금 흘리는 이 피의 양도 그 양에 비하면 새 발의 피였으리란 것이다."

아니, 확실할 것이다.

그것을 막기 위해 지금 자신의 칼에 피를 묻히는 것이다.

자신의 칼에 피를 묻히면 묻힐수록 후에 다가올 피의 양이 줄어든다. 아르낙스는 그렇게 스스로를 합리화했다.

"짜증 나는군."

지금 상황에 대한 짤막한 감상평이다.

그 후 아르낙스는 집사가 알려준 대로 아퀴아로 향했다. 그가 떠난 이곳엔 눈을 부릅뜬 목 잘린 시체만이 남게 되었다.

*　　　*　　　*

"허억! 허억!"

음침한 지하.

위쪽 연못 탓에 축축이 젖은 흙냄새에 사람의 단숨이 섞여든다. 지하를 지나는 인물은 총 열 명가량. 화려한 복장을 한 남녀 한 명씩과 갑옷을 입은 기사, 병사들이 그 구성원이었다.

지친 모양인지 그들의 입에선 단숨이 끝도 없이 쏟아져 나오고 있었다.

"허억! 허억! 좀 쉬었다, 가자!"

"안 됩니다! 역도가 저희를 추격하고 있을 것입니다!"

"허억! 쉬었다, 가자, 니까! 나를, 버리고, 가든지!"

화려한 복장의 사내가 토해낸 낙오 선언에 결국 그들은 그 자리에 멈출 수밖에 없었다.

평소라면 질색해할 질펀히 젖은 바닥에 사내는 아무렇게나 주저앉았다. 여성 역시 그 옆에 앉았다.

"젠장! 젠장!"

욕지거리를 내뱉는 사내.

"데이비드를 몰아낸 내가 이번엔 데이비드의 입장이 되었구나!"

데이비드를 몰아낸 이. 그렇다. 아무렇게나 주저앉아 숨을 내쉬고 있는 이 사내가 바로 그라나니아의 왕을 칭하는 가브리엘이었다.

"젠장. 그 자식, 지금쯤 즐거워하고 있겠지? 토끼나 여우를 몰듯이 나를 몰고 사냥할 생각에 기뻐하고 있을 것이야."

데이비드를 쫓을 때의 그 자신이 그러했기에 쉽게 상상할 수 있었다.

"차라리 죽고 말지. 아니, 그냥 지금 콱 죽어버릴까?"

가브리엘이 품에서 화려하게 장식된 단검 하나를 꺼내 쓰다듬었다. 그러한 그의 손길에 아담한 손이 얹어졌다.

"그런 말씀은 하지 마세요."

옆에 앉아 있던 여성, 그녀의 손이었다.

"아버님의 영지에만 도착하면 다시 반격할 수 있을 것이에요. 저들도 자신의 영지에 틀어박혔다가 힘을 모아 나온 것이 잖아요. 저희도 힘을 모으면 충분히 가능할 거예요."

"시네라……."

시네라.

바로 그녀의 이름으로 지금은 가브리엘과 결혼함으로써 그라나니아 왕가의 성을 사용하지만, 그전에는 케트란이란 성을 사용했다.

그렇다. 가브리엘과 결혼한 케트란 후작가의 영애가 바로 그녀다. 그녀가 바로 케트란 가문과 가브리엘의 매개체였다.

"내 당신을 보아서라도 반드시 이 치욕을 이겨내고 승리해 보이겠소. 지금의 패배? 그것은 두 보 전진을 위한 한 보의 후퇴일 뿐. 저들이 이 승리에 취해 나태해지고 오만해질 때 나는 칼날을 갈고 또 갈아 그것으로 기름이 올라 있을 적의 배를 가르고 말 것이오."

"가브리엘······!

"오오, 시네라!"

두 남녀가 손을 맞잡았다.

짝짝짝!

그때, 난데없이 박수 소리가 들려왔다.

"누구냐!"

자신들 중 어떠한 이도 박수를 치지 않았다. 자신들이 아니면 누구겠는가?

바로 적.

이러한 지하 통로에 우연히 지나가던 행인이 있을 리도 없는 법. 적이 틀림없었다. 그리고 그 예상은 한 치의 오차도 없이 맞았다.

"감동적이군. 연극으로 만들어도 되겠어."

뚜벅뚜벅.

횃불이 닿지 않는 점 멀리서부터 다가오는 발걸음. 그리고 마침내 횃불에 닿아 비춰진 그 얼굴을 본 가브리엘의 얼굴에서 경악, 분노, 체념 등 갖가지 감정이 떠올랐다.

"아르낙스!"

아르낙스. 그가 어느새 가브리엘과 조우했다.

*　　*　　*

오늘도 한 차례의 교전을 끝내고, 막사로 돌아온 아이란.

그 고단한 몸을 한시라도 빨리 침대에 눕히고 싶었으나 주변이란 것은 도와주질 않는다.

우우웅!

막사 안 어디선가 진동이 울렸다.

'어디에서 나는 소리지?'

이 막사의 물건 중 진동을 울리는 것이 있던가?

'딱히 없지.'

그러던 중 한 가지 물건이 머릿속에 떠오른다.

진동을 울리는지는 모르지만 의심 가는 물건이 딱 하나 있었다.

아이란이 막사 한구석에 보관되어 있는 나무 상자를 열었
다.

부우웅.

'역시.'

자신의 생각이 맞았다.

값비싼 천에 싸여 있는 동그란 물건이 진동을 울리고 있었
다.

아이란은 상자째 탁자 위로 옮겼다. 그리고 손을 뻗어 물건
위에 손을 얹었다.

지잉!

아이란의 손등을 투과하는 파동이 느껴졌다.

화악!

─여어, 잘 있었나?

파동이 지나고 아이란의 눈앞에 거울과 같은 공간이 열렸
다. 그 속에서 익숙한 인물들이 나타났다.

"오랜만입니다, 전하."

─오랜만이로군, 백작.

─어쭈! 나를 무시하냐?

"형님도 오랜만입니다."

아르낙스와 데이비드. 그 둘이 모습을 드러냈다.

"행색을 보아하니 이제 막 격전이 끝났나 보군요."

씨익.

거울 속의 아르낙스가 미소를 지었다.

흠집 없이 깨끗한 갑옷이지만 곳곳엔 피가 굳어 있었다. 격
전의 와중에서 이렇게 통신을 할 리도 없고, 시간이 꽤 흘렀
다면 복장을 정돈했을 터이니 저러한 모습은 이제 막 끝난 것
임을 말해주었다.

─그래, 치열한 싸움이었지.

"축하드립니다."

─백작도 고생 많았네. 백작 덕분에 후방을 안심하고 싸울
수 있었지.

데이비드가 아이란을 치하했다.

치열함으로 따지면 이곳 역시 왕도 못지않았기에 아이란
은 마땅히 그 치하를 받을 자격이 있었다. 그렇다고 해서 이
치하로 끝낸다면 안 된다.

처음의 거래.

줄 것을 주었으니 이제 받을 것이 남아 있다.

'설마 이대로 입 닦진 않겠지?

설마 정말로 그러할까?

─그런 의미에서…….

"……."

─이제 우리가 약속을 지킬 차례로군.

나왔다.

과연 저들은 약속을 지킬 것인가?

─수도의 상황이 정리된다면 곧바로 병력을 편성하도록
하겠네. 앞뒤로 밀어붙인다면 뮤톤 백작 역시 얼마 버티지 못
할 터. 그 후 뮤톤 백작령은 백작의 영지가 될 걸세.

'그래, 이렇게 나와야지.'

이것 때문에 아이란이 이 전쟁에 참여한 것이 아닌가. 저
대답 때문이다. 이제 어느 정도 마음을 놓아도 될 것이다. 그
러나 완전히 놓지 않는 것이 좋았다.

급박한 사정의 사람과 해결한 사람의 사정은 다르니까. 저
들이 말을 돌리고 생색만 낼 수도 있는 법.

"병력은 어떻게 편성하시려는지요?"

─하하, 안심해도 되네, 백작. 정규 군단 두 개를 보내도록
하지.

"두 개의 군단이라면?"

─일만. 국왕군과 공작군에서 한 군단씩 보낼 걸세.

"감사합니다. 마음이 놓이는군요."

일만의 병력이라면 충분하다.

그락서스와 지원군이 앞뒤로 밀어붙인다면 뮤톤 백작군은
진퇴양난의 상황에 빠질 수밖에 없었다.

저 수평선 너머 해가 떠오르며 어둠을 밝혀 새벽이 보이는
것과 같은 기분. 그런데 그 해 사이에 구름이 껴 있는 것 같
다. 대체 무엇일까, 저 구름은?

"아! 그런데 가브리엘 왕자는 어떻게 되었습니까?"

저 구름이 가브리엘 왕자였나?

―아아, 아쉽게도 못 잡았지. 우리가 도달했을 땐 이미 탈출한 것 같더군.

아르낙스가 무언가 의미심장한 미소를 짓는다.

"그렇다면 큰일 아닙니까?"

―뭐, 그래도 가브리엘 왕자의 모든 기반은 이미 봉쇄된 것이나 마찬가지니까. 왕도는 우리의 손으로 넘어왔고 케트란 가문은 다리를 봉쇄해 내륙에 영향력을 행사하지 못하지. 렌빈 역시 마찬가지. 아, 렌빈의 경우는 위험할 수 있겠군. 그럴 리는 없겠지만 북부대산맥을 넘는다면 그락서스나 뮤톤, 마샬로 나올 수도 있으니 말이야.

북부대산맥은 북방의 중앙에 위치한 산맥으로 세 개의 가지로 뻗어진다. 북쪽과 남서, 남동이 그것인데, 그 산맥에 따라 렌빈과 그락서스가 나누어질 정도로 영지의 경계에 큰 영향을 끼치는 산맥이었다.

"그렇지만 북부 대산맥은 빠져나오는 것이 불가능하지 않습니까. 지금 우리가 상대하는 야만족들보다 강한, 알려지지 않은 야만족과 괴물들이 판치는 곳입니다. 이제껏 사람이, 그것도 군대가 그것을 통과했다는 이야기는 들어본 적이 없습니다."

―그렇지. 그래도 혹시 모르잖아? 작정하고 쏟아붓는다면 뚫릴지도. 그러니 너나 나나 조심해야겠지.

"예, 알겠습니다."

—자자, 이제 얼마 남지 않았네. 모두 각자의 자리에서 열심히 하도록 하지.

—하하, 전하 말씀 잘 들었지?

"예, 전하."

—뮤톤을 처리한다면 바로 대관식을 열 수 있게 준비를 할 생각이네. 그때는 꼭 와야 하네, 백작.

"꼭 가겠습니다."

—후후, 그럼 그때 보도록 하지. 이만 통신을 끊어야 할 것 같군. 무운을 비네.

"감사합니다, 전하."

—그럼 조만간 보자구!

지잉!

공간이 닫히고 영롱하게 빛을 발하던 수정구가 빛을 잃었다. 이젠 그냥 탁한 빛깔의 돌덩이와 다름없다.

그 후 아이란은 바로 가신들을 소집시켜 데이비드와 아르낙스와의 통신 내용을 전했다.

* * *

"왜 그락서스 백작에게 가브리엘에 대한 내용을 가르쳐 주지 않았지?"

조금 전, 아이란이 통신을 통해 보던 방 안. 아직 그 공간에 남아 있는 데이비드와 아르낙스.

데이비드가 아르낙스에게 물었다.

"후후, 비밀은 숨겨야 비밀인 것 아니겠습니까?"

"그렇지만 그락서스 백작은 그대의 절친한 동생이 아닌가?"

"절친한 동생이라도 숨겨야 할 것은 숨겨야 하는 법. 이 아르낙스 마샬, 한없이 가벼워 보여도 공과 사는 구분할 줄 압니다."

"그것 참, 든든하군. 그럼 그것은 넘어가고, 이후 상황에 대해 논의해 볼까?"

"뭐 더 말할 것이나 있겠습니까? 아까 전에 말한 대로 가브리엘은 살아서 탈출한 것으로 알려져 있으니 가브리엘을 따르는 이들은 알아서 이 왕도를 나가겠지요. 설혹 나가지 않는다고 하더라도 아직 전쟁이 끝나지 않았으니 그들을 처리해도 세인들은 저희에게 손가락질을 못할 것입니다."

가브리엘은 아르낙스의 손에 잡혔다. 그러나 세상에는 탈출한 것으로 알려져 있다. 그 때문에 아직 킹스로드는 끝나지 않았다.

가브리엘 파벌은 그를 구심점으로 다시 뭉치기 위해 세력을 결집할 것이다. 그 과정에서 그들은 데이비드의 손에 떨어진 왕도를 탈출할 것이다. 데이비드 파벌로서는 손 하나 까딱 않고 왕도를 청소할 수 있는 것이다. 또한 아직 킹스로드가 끝나지 않음으로 인해 반대 파벌을 공격하는 것도 자연스럽다.

킹스로드가 끝났다면 상대가 굴복하든 하지 않든 왕의 입장으로 다시 하나로 이끌어야 할 대상이다. 그렇기에 무력으로 손을 쓰는 것도 쉽지 않다. 그러나 아직 데이비드는 왕도 아니고 킹스로드는 끝나지 않았기에 그러한 면에서 제약이 덜했다.

"후후, 재밌게 됐습니다."

"그렇지. 재밌게 되었지."

"어라? 왜 남의 말 하듯 하시는 겁니까? 전하의 이야기입니다."

"내 이야기지만 전부 자네의 머릿속에서 나오지 않았나? 나는 좀 빼주게. 나는 착한 놈으로 기록되고 싶거든."

"허허, 이것 참. 저만 나쁜 놈으로 만드시는군요. 알겠습니다. 피를 묻히는 손은 하나로도 족한 법. 제 손에 듬뿍듬뿍 묻혀야겠습니다."

아르낙스의 발언에 데이비드가 손사래를 쳤다.

"나쁜 놈이라니, 자네는 나쁜 놈이 아닐세."

어리둥절한 아르낙스.

"어라? 그럼 저는 무엇입니까?"

그에 데이비드가 미소를 지었다.

"이상한 놈."

"엥?"

"자네는 이상한 놈일세."

"……"

CHAPTER
9

그대의 신기한 책략은 하늘의 이치를 다했고,
오묘한 계획은 땅의 이치를 다했노라.
전쟁에 이겨서 그 공 이미 높으니,
만족함을 알고 그만두기를 바라노라.

神策究天文
妙算窮地理
戰勝功旣高
知足願云止

여수장우중문시(與隋將于仲文詩)
—을지문덕(乙支文德)

"허무하군."

무너지는 성벽을 바라보는 아이란의 감상평. 다른 이들도 그에 동감한다는 듯 고개를 끄덕였다.

지금 그들은 뮤톤 백작령의 영도인 메네치아의 중심에 위치한 뮤톤 백작성, 아니, 뮤톤 백작성이라고 불리던 성을 바라보았다.

"고작 일만이 더해졌을 뿐인데……."

킹스로드에서 승리한 일 왕자 파벌의 군세, 일 왕자 중심의 오천과 마샬 공작령 오천, 합하여 일만이 북부전쟁이라 불리고 있는 뮤톤과의 전쟁에 참여했다. 그리고 그 결과는 놀라웠다. 삼군이 연합하자 고작 한 달 만에 뮤톤 가문을 벼랑 끝까지 밀어붙였다.

앞뒤로 쳐올리고, 밀고, 사방에서 포위하고 압박한 결과 뮤톤 가문이 가지고 있는 땅은 메네치아밖에 남지 않았다.

드넓은 뮤톤 백작령 전체를 관장하던 뮤톤 가문답지 않은 초라한 모습. 그 메네치아에서 뮤톤 가문은 마지막 결사항전을 준비했다. 그러나 현실은 그 메네치아조차 삼군연합의 깃발 아래 무너졌고, 뮤톤 가문은 내성으로 후퇴하게 되었다. 그리고 지금 공성의 일등공신인 삼군 연합의 마법사들이 치르는 공성전에 집중 타격을 받아 내성이 무너져 내리고 있었다.

우우우웅―!

대지와 공명하는 울림. 또 하나의 마법이 준비되는 소리.

삼군의 마법사들이 한데 모여 하나의 마법을 준비하고 있었다.

몇 번을 봐온 광경.

마법사들의 머리 위에 생성되고 있는 저 힘에 그 어떤 튼튼한 성벽도 무너져 내렸다.

아의 입장에선 신의 철퇴.

적의 입장에선 악마의 저주.

그 극명하게 갈린 두 개의 시선을 가지게 해주는 마법이 완성되고, 이전처럼 내성을 향해 쏘아졌다.

아니, 쏘아졌다는 표현은 어울리지 않는다. 사람이 걷는 것보다 살짝 느린 느릿느릿한 속도니까. 움직이고 있다는 것이 더 올바른 표현일 것이다. 그 속도가 어찌 됐든, 아니, 그렇기에 더 무서운 공포를 느끼는 해주는 것이 마침내 성벽에 닿았다.

쿠우우우우웅!

처음의 충돌, 그리고 그 후에 이어지는…….

콰직!

성벽이 깨지는 소리.

콰지지지지지지지직!

마법의 전진에 더 이상 견디지 못한 성벽. 금이 쫙 가고 무너지고 또 무너진다.

성벽 위, 적은 공포에 혼비백산하여 살아남기 위해 발버둥 치고 있었다. 덮치는 마법에, 무너지는 성벽에 그들은 챙겨야 할 정신을 놓고 있었다.

구우우우우우ㅡ!

신의 철퇴이자 악마의 저주인 마법이 소멸하고 드러난 광경.

무너져 내린 성벽과 그 잔해에 깔려 있는 시체. 비교적 멀쩡한 성벽들조차 무너져 내리기 직전인 모습이다.

"어때, 소감이?"

툭!

누군가 아이란의 어깨를 툭 쳤다.

아이란을 향해 눈을 찡긋하고 있는 남자, 아르낙스였다.

"마지막까지 방심할 수 없습니다."

아이란 역시 이겼다는 것을 알고 있었다. 그러나 혹시 모르는 법. 최후의 최후까지 방심하지 않는다. 감정과는 별개로 아이란은 최선을 다할 것이다.

"후후, 그래?"

그 모습이 재미있다는 듯 아르낙스가 미소를 지었다.

"그래, 그래, 방심하지 말아야지. 그렇기에 내가 온 것이기도 하고."

"형님께서 오실 줄은 몰랐습니다."

아이란은 지원해 오는 마샬 군을 이끄는 것은 칼제르맹 단장 정도로 생각했다. 그러나 예상을 깨고 아르낙스 본인이 직접 등장했다.

"내가 조만간 보자고 했잖아. 그때 알았어야지."

"그것이야 대관식 때⋯⋯."

"쯧쯧, 그 정도 눈치도 없어서야. 이 험난한 세상을 어떻게 살려고 그래? 정신 차려. 이 각박한 세상 속에서 눈치는 필수라고."

"예예."

"어쭈? 제대로 새겨듣지 않는군. 이 형님의 진심 어린 충고를 이렇게 무시하다니. 이래서 요즘 애들이 문제야. 어른이

말씀하시면 가슴 깊이 새겨야 하건만 대충대충 넘겨 버리거
든."

"저랑 몇 살이나 차이난다고 그런 말씀을 하시는 겁니까?"

"몇 살은 나이 아니냐?"

"……."

이렇게까지 나오는 이상 더 이상 할 말이 있을 리가 없다.
유치하게 나간다면 길고 긴 논쟁, 아니, 언쟁을 벌일 수 있을
지 모르나 아이란은 그렇게까지 하고 싶지 않았다.

무시. 무시가 바로 답이었다.

"어쭈, 이젠 완전히 무시하네. 이거 안 되겠어. 이 형님이
한 소리……."

쾅!

"……."

끝도 없이 이어질 것 같은 아르낙스의 헛소리는 무너지는
성벽이 낸 굉음에 묻혔다. 넘실거리며 다가오는 흙먼지에 아
르낙스는 뻐끔거리던 입을 그대로 닫아야 했다.

"끝났군요."

"그래……."

왠지 지쳐 보이는 아르낙스였다.

*   *   *

쾅!

발로 차인 문이 떨어져 나가며 방 안을 공개했다.

부서져 방바닥에 널브러져 있는 가구들, 찢기고 찢겨 종잇조각이 된 서류들.

전체적으로 쓰레기장과 같은 모습. 귀족 중의 귀족인 대영주의 집무실이라기엔 전혀 어울리지 않는 공간이다. 그러나 그 집무실의 주인이 뮤톤 백작이라면 이해가 된다.

집무실의 상태를 보고 혀를 차는 아르낙스.

"역시 도망쳤나?"

영지를 빼앗기고 최후의 보루마저 무너져 내린다. 그러한 입장에 주인이 할 수 있는 선택지는 많지 않다.

영지와 함께 최후를 맞이하거나,

"쥐새끼처럼 몸을 뺐군."

지금과 같이 피신을 하거나.

그 과정에서 적들의 행보를 조금이라도 지체시키기 위해 도움이 되는 것은 모조리 파기하는 것은 당연지사.

적들이 뮤톤 백작령을 지배한다고 하여도 제반 서류 등이 모두 소실된 이상 복구를 안 할 수가 없을 것이다. 그 과정에서 생기는 약간의 틈. 그 틈이 생존률을 올려줄 것이기에.

영지민에게 피해가 갈 수 있지만 뮤톤 백작은 망설임이 없었다. 그에게 가장 소중한 것은 그 자신이기에. 필요하다면 가족조차 버릴 수 있었다.

"믿을 것은 동생뿐이로군."

앞서 아르낙스가 한 말에서 알 수 있듯 그들은 뮤톤 백작이 몸을 뺄 것이란 것을 예상했다. 그렇기에 부대를 둘로 나누었다.

내성을 점령할 부대와 도망칠 뮤톤 백작을 추격하는 부대.

그중 아르낙스는 점령군을 맡았고, 아이란은 추격군을 맡았다. 아무래도 추격하는 것엔 기병에 특화된 그락서스가 맡는 것이 효율적일 것이란 판단하에 이루어진 결정.

"아아, 이런 종이 쪼가리나 치우는 일보단 추격하는 일이 더 재밌을 텐데 말이야."

투덜거리는 아르낙스. 그러나 그 눈은 반짝이며 집무실 곳곳을 살피고 있었다. 무엇하나 건져낼 만한 것이 있나 살피는 눈빛.

사소한 것 하나라도 절대 놓치지 않겠다는 집념과 의지의 눈빛이다.

"호오."

무언가 재밌는 것을 찾은 듯한 아르낙스의 음성이다.

* * *

두두두두두두!!

아르낙스가 열심히 집무실을 뒤지고 있을 때, 아이란은 한

창 말을 달리고 있었다.

그들의 목적은 바로 뮤톤 백작 일가의 생포.

특히 뮤톤 백작을 잡아야만 이번 전쟁이 진정 끝을 맺었다고 볼 수 있었다. 그렇기에 아이란은 앞서 출발한 수색대가 보내오는 정보들을 바탕으로 착실히 추적을 계속했다. 그리고 마침내 저 멀리 지평선이 걸린 위치에서 말을 달리고 있는 한 무리를 발견할 수 있었다.

바로 뮤톤 백작 일가.

그락서스가 추적에 성공한 것이다. 이제 저들만 잡는다면 악연으로 점철된 이 지긋지긋한 인연의 종지부를 찍을 수 있었다.

"이랴! 조금만 더 힘을 내라!"

두두두두두두!!

말들이 더 힘을 낸 덕분일까.

뮤톤 백작 일가와의 거리가 점점 좁혀졌다. 지평선에 걸려 있던 조그마한 점이 조금씩 형태가 드러난다.

처음엔 그저 한 덩이 점이었지만 점점 머리가 구분되고 팔다리가 구분되는 이들.

아마 저들도 따라잡혔다는 것을 인지하였을 것이다. 그렇기에 더욱 필사적으로 달리고 있을 터. 그러나 북방마, 그중에서도 정예인 수색대이다. 무게의 경량화를 위해 경장 마갑까지 전부 떼어내고 달렸다.

뮤톤 백작 일가가 타고 있는 말이 북방마라고 해보았자 수출하는 북방마와 내수용의 북방마는 급의 차이가 존재했다. 그 급의 차이가 거리를 좁힌다. 그리고 결국 아이란과 그락서스는 뮤톤 백작 일가를 완전히 따라잡을 수 있었다.

돌이라도 던진다면 그대로 머리를 맞출 수 있을 만한 거리.

그 정도 상황이 되자 뮤톤 백작 일가는 포기했는지 속도를 점점 줄였다. 그락서스 역시 그것에 맞춰 조금씩 속도를 줄였다. 물론 여전히 뮤톤보다는 빠르다. 그렇게 그락서스가 뮤톤을 완전히 따라잡았을 때,

두두두두두두!

갑작스레 뮤톤 쪽에서 한 기의 기마가 바닥을 박차고 달려나갔다. 보나마나 뻔했다. 바로 뮤톤 백작이었다.

속도를 줄여 포기한 척 방심을 유도한 다음 마지막으로 죽을힘을 다해 도주하는 것이다.

뮤톤 일가 측의 반응을 보아하니 그들 역시 당황한 기색이 역력했다. 아마 뮤톤 백작의 독단 행동인 듯했다.

어쨌거나 도망치는 적을 두고 볼 수는 없는 법.

달리는 와중 아이란이 품에 손을 집어넣었다. 그리고 그 손에 잡혀 나온 것은 날카로운 날을 가진 강철 비수였다.

쉬이이이익!

퍽!

그것은 그대로 날아 뮤톤 백작이 타고 있는 말의 엉덩이에

꽂혔다.

히이이잉!

말이 크게 놀라 고통에 비명을 지르며 몸을 틀었다. 그에 뮤톤 백작이 진정시키려고 하였지만 또다시 하나의 비수가 그의 어깨에 틀어박혔다.

고통에 놀란 그는 말의 광분까지 더해져 결국 추락하여 바닥을 굴렀다. 다행히 뒤를 따라오던 말들의 발굽에 짓밟히진 않았지만 생포는 피할 수 없게 되었다.

"크으!"

어깨에 비수가 박히고 말에서 떨어져 바닥에 충돌, 굴렀음에도 불구하고 살고자 하는 욕망이 그의 몸을 일으켰다.

어깨를 감싸 쥔 채 뮤톤 백작이 일어섰다. 그러나 그를 기다리고 있는 것은 어느새 포위하고 있는 그락서스의 이들이다.

"오랜만이로군요."

아이란.

그가 뮤톤 백작을 내려다보며 인사했다.

"빌어먹을."

아이란이 내려다본다면 뮤톤 백작은 올려다볼 수밖에 없었다.

뮤톤 백작은 그 눈동자를 똑바로 바라보았다.

네가 패했다.

저 무심한 눈동자는 그러한 뜻을 담고 있는 것이 틀림없다. 그 굴욕적인 시선에 뮤튼 백작은 욕지거리를 내뱉었다.

패배. 이미 머릿속으론 알고 있었지만 이성과 감성은 다른 법.

"그래, 내가 패했다."

"인정하시니 좋군요."

"빠드득!"

아이란의 말에 이를 가는 뮤튼 백작.

"난 네 동생의 장인이다."

"이미 뮤튼 가문의 사람이 된 아이입니다. 저와는 상관없습니다."

"상관없다고? 그락서스의 피는 그리 가치가 없는가?"

"제 혈관에 흐르는 그락서스의 피는 그 어떠한 것보다 소중한 가치를 가지고 있습니다. 그러나 그것을 스스로 부정한 이에겐 그러한 가치가 부여되지 않습니다."

"우하하하하하!!"

뮤튼 백작이 크게 웃음을 터뜨렸다.

모든 것을 포기한, 그야말로 정신을 놓은 것과 같은 웃음.

"우하하하하하하하!!"

웃음을 참지 못하겠다는 듯 뮤튼 백작이 양손을 교차해 어깨를 부여잡았다.

그 모습을 아이란은 조용히 바라보았다. 패자에게 마지막 시간을 베푸는 자비이다.

"큭큭."

웃음을 참은 뮤톤 백작이 계속 입을 열었다.

"역시 천한 핏줄의 후손은 어쩔 수 없구나!"

"뭐야? 이 패배……."

"그만."

뮤톤 백작의 말에 발끈한 다른 이들을 아이란이 말렸다.

"할 말은 그것뿐이오?"

"후후, 그렇지 않다면?"

"기다려 주겠소."

그야말로 승자의 여유다. 그것이 뮤톤 백작은 정말 마음에 들지 않았다.

"나를, 나를 동정하지 마라!"

쉬익!

뮤톤 백작이 아이란을 향해 무엇인가를 던졌다.

아이란은 재빨리 손을 움직여 그것을 잡아내었다.

그것은 검날.

정확히는 비수였다. 그것도 익숙한 비수.

아이란이 뮤톤 백작에게 던진 비수, 바로 그것이었다.

"이런, 아쉽군."

냉정한 목소리. 이제까지의 모습은 온데간데없는 냉막한 인상과 어조의 뮤톤 백작이다.

"연기였습니까?"

"그렇지. 백작에게 한 방을 먹이기 위한 간교였지."

뮤톤 백작.

과연 그가 그리 허무하게 포기할 리가 없었다. 지더라도, 사로잡히더라도 무언가 하나의 수를 쓸 인간이 바로 그였다. 그리고 그는 그 수를 실행했다.

아이란의 목을 향해 비수를 던진 것. 그것도 아이란이 던진 비수를 사용했다. 웃음을 참는 척하며 어깨에 손을 가져다 댄 것도 이 수를 위한 연기였다. 그리고 그 결과는 실패.

"이 늙은 뱀이!"

그락서스의 인물들이 뮤톤 백작에게 달려들어 그를 제압했다.

바닥에 깔려 뮤톤 백작의 온몸에 쇠줄이 칭칭 감겼다.

"큭큭……."

뺨을 대지에 처박고 있는 뮤톤 백작이 웃음을 흘렸다.

"결국 신들께선 나를 선택하지 않으신 것인가……."

허무함이 가득 담긴 음성. 야망과 패기로 가득 찼던 모든 것이 사라지고 오직 허무만이 가득한 쓸쓸함만이 그의 길에 남았다.

젊어서부터 이 길을 걸어왔다.

수많은 고난과 역경을 딛고 또 디디며 아무리 험한 길일지라도 계속 걸어왔다.

저 끝에 있을 희망을 생각하며 결코 놓지 않았다.

남들이 자신에게 무어라 손가락질하든 상관없었다. 저 찬란히 빛나는 결과만 있다면 그 어떠한 모욕도 견딜 수 있었다. 아니, 그때가 되어서는 그들이 땅을 치고 후회를 할 것이다.

모든 것을 손에 넣은 자신. 그 앞길을 막을 자가 누가 있으랴. 그러나 빛날 것이라 생각했던 그 길. 그 길의 끝은 아무런 것도 없는 공허였다.

"아니, 공허도 아니군."

뮤톤 백작의 독백이 점점 작아진다.

"대체 무엇이었을까……."

*   *   *

"이야! 성공했군!"

활짝 열린 메네치아의 내성 문에서 아르낙스가 두 팔을 활짝 벌리며 아이란을 맞았다.

"예, 덕분에 성공했습니다."

"뭔 내 덕분이야? 사실 내 공이 크긴 하지만 잡은 건 동생이잖아? 하하, 이제 뒤통수를 후려칠 늙은 뱀에 대한 걱정 따윈 하지 않아……."

말을 늘어놓던 아르낙스의 시선이 아이란의 뒤를 향했다.

늙은 뱀, 당사자가 그의 시선에 들어오자 점점 목소리가 작아진다.

"…도 될 것 같으나 뮤톤 백작님을 못 보는 건 정말 아쉽기 그지없군."

"부자연스럽군요."

"역시 그렇지?"

"예."

툭툭.

"어쨌든 수고 많았다."

"형님도 수고 많으셨습니다."

두 사람이 서로의 어깨를 두드리며 치하했다.

"후후, 이것으로 처음의 약속은 전부 지켜졌지?"

그락서스는 마샬을 보호해 주고, 일 왕자 파벌은 그락서스의 전쟁을 돕는다.

변수로 인해 두 개의 과정이 하나가 되었지만 결국 결과는 처음과 같았다.

"그럼 이제 안으로 들어가 추후 일정에 대해 논의해 볼까?"

"아, 그전에……."

아이란이 뮤톤 백작을 향해 눈짓하자 아르낙스는 고개를 끄덕였다.

"아아, 뮤톤 백작께서 계셨지, 참? 그래, 뮤톤 백작의 처리… 아니, 추후 거처는 어떻게 할 것이야?"

슥싹!

아르낙스가 손으로 자신의 목을 긋는 시늉을 해 보인다.

"요렇게?"

"생각 중입니다."

"그래그래, 잘 생각해 봐. 자, 그럼 어서 들어가자구."

"예."

"하하, 이거 내가 주인이 된 것 같은데? 주인이 될 몸 앞에서 너무 건방을 떤 것 아닌가 모르겠어?"

"형님이 원하신다면 가지시죠."

"정말?"

아이란이 고개를 끄덕였다.

"예."

"그렇다면… 내가 가지……."

아르낙스의 눈이 활활 타오르는 눈동자들과 마주쳤다. 허튼소리를 한다면 그 입을 찢어버리겠다는 눈빛들.

굳이 아이란이 아니라도 그러한 눈빛을 보낼 이는 많았다.

"고도 싶으나 공작령도 오죽 넓어야지. 안타깝지만 포기. 이 뮤톤 백작령에 어울리는 것은 바로 동생 그락서스야."

어깨를 으쓱하며 안으로 들어가는 아르낙스. 그를 따라 아이란 역시 성안으로 들어갔다.

"참혹하군요."

치열했던 전쟁이 끝난 지 채 하루도 되지 않았다. 공성 과정에서 무너진 성벽 등 잔해가 여기저기 널려 있었다. 아직 치우지 못한 시체도 여기저기 나뒹굴고 있다.

"그렇지. 그렇기에 웬만해선 일어나면 안 되는 것이 바로 전쟁이다."

"웬만해선… 이군요."

아르낙스가 고개를 끄덕였다.

"그렇지. 웬만해선. 너도 이미 알고 있을 텐데? 내가 원하지 않는다고 그 일이 일어나지 않는 것은 아니니까.

아르낙스의 말이 맞았다.

자신이 원하는 것만 할 수 있다면 얼마나 좋을까? 그러나 그렇지 않기에 세상인 것이다. 내가 원하는 것을 다른 이가 원하지 않을 수 있고, 다른 이가 원하는 것을 내가 원하지 않을 수 있었다.

각자의 이해관계가 충돌하며 하나의 거대한 흐름을 만들어낸다. 그 흐름 속에서 휩쓸리느냐, 나아가느냐를 가르는 기준은 그 자신의 의지, 그리고 실력이 바로 그 기준.

그러한 의지와 실력이 있었기에 아이란은 이 급류 속에서 살아남을 수 있었다. 그러나 앞으로 닥쳐올 흐름 역시 살아남을 수 있으리란 보장은 없다.

준비하고 또 준비해야 한다. 의지를 다지고 실력을 양성해야 한다.

그것이 앞으로 다가올 미래를 대비하는 자세.

"뭐, 그리 걱정할 필욘 없어. 당분간 전쟁은 없을 테니까. 저 위에 처박아둔 두 곳만 조용하다면 한 십 년간은 걱정 없을걸."

두 곳이 어딜 뜻하는지는 명확했다.

"케트란과 렌빈 말이군요."

"그렇지. 그 두 곳이 바로 변수지. 다리가 뚫린다면 언제든 내륙으로 진출할 수 있으니까."

중앙에서 몰아낸 두 세력, 케트란과 렌빈.

그들이 복수를 위해 칼을 갈 것은 당연지사. 그들이 작정하고 준비하는 칼날이 얼마나 날카로울지는 굳이 베어보지 않아도 알 수 있었다.

"그렇지만 이제 곧 데이비드 일 왕자께서 정식으로 즉위하신다면 킹스로드가 끝나잖습니까. 가브리엘 왕자가 왕을 자칭한 것과 달리 성지에서 열두 신의 축복으로 왕위를 이음이 선포되는 순간 공식적으로 내전은 종료되지요. 그렇다면 명분은 사라지잖습니까? 이 왕자가 살아서 탈출했다고 하지만… 이미 끝난 마당에……."

"그렇지. 그러나 만에 하나의 경우도 있잖아. 가령 이 왕자가 외세를 끌어들이거나 한다면 말이야."

"외세라면……."

"맥나타니아와 칼라이나, 그리고 칼라인이 있겠군."

"오래된 왕국(Old kingdom)과 제국(Empire). 과연 대륙의 패권을 위한 영향력 확장에 혈안이 되어 있는 그들이라면 충분히 그라나니아에 개입할 수 있을 것 같군요."

오래된 왕국 맥나타니아는 통일 제국, 혹은 구제국이라 불리는 마기스탄 멸망 후 세워진 첫 국가로 대륙에서 제일 역사가 깊은 나라였다. 그렇기에 오래된 왕국이란 타이틀을 가지고 있었다.

칼라이나와 칼라인. 정확히는 칼라이나 왕국과 칼라인 제국이라 불우는 두 나라는 구제국과의 분별을 위해 신제국이라고 불리는 나라로 그 이름의 비슷함에서 알 수 있듯 원래 하나의 나라였다.

전성기 시절 발라티아 대륙의 삼분지 일에 해당하는 국토를 소유했지만 한 번의 내전으로 칼라이나 왕국이 떨어져 나갔다. 그렇지만 칼라이나 왕국의 경제를 비롯해 모든 것이 제국과 연결되어 있고, 이미 두 나라의 국경도 철폐되어 통일만 하지 않았지 하나의 나라나 마찬가지였다. 그렇기에 사람들은 둘을 한 나라로 취급하여 통칭 제국이라 불렀다.

어쨌든 왕국과 제국은 견원지간으로 대륙의 패권을 위해 상대의 빈틈을 호시탐탐 노리고 있었다.

얼마 전까지만 해도 국경선에서 무력 충돌이 있었는데 단순한 국지전이 아닌 국가의 역량이 총결집한 대규모 전쟁이었다고 한다.

양측을 통틀어 십만의 사망자가 나왔다고 하니 그 전쟁의 규모가 얼마나 대단한지 감조차 잡히지 않았다. 참고로 이번 그라나니아의 킹스로드에 참가한 모든 병력을 다 합한다 하여도 십만이 채 되지 않음을 보았을 때 그 사망자만으로도 그라나니아의 모든 군 병력보다 많았다.

"내가 대륙의 소식통으로부터 들은 바에 의하면 얼마 전 제국의 대공이 일단의 병력을 이끌고 맥나타니아와의 국경으로 이동했다고 하더군."

"대공이라면 그……."

아르낙스가 고개를 끄덕이며 입을 열었다.

"비어 있는 현 제국의 황좌에 가장 가까운 이, 호엔촐레른 대공. 그가 직접 움직였다고 한다."

"그가 직접 움직였다면 오공작 역시 움직였겠군요."

오공작은 칼라인과 칼라이나를 통튼 다섯 명의 공작을 말하는 것으로 제국의 무수히 많은 대영주 중에서도 독보적인 다섯을 말했다.

"아니, 오공작은 움직이지 않았다고 한다."

"예? 오공작 역시 황권을 위해 호엔촐레른 대공과 대립하는 사이이지 않습니까? 특히 브라간사 공작과 슐레스비히 공작은 대공과 사이가 극히 나쁘다고, 사소한 것 하나까지 사사건건 방해한다고 들었습니다만."

"그래, 아이란 네 말은 사실이다. 그러나 무슨 바람이 들었

는지 오공작은 움직이지 않는다는군. 특히 브라간사 공작과
슐레스비히 공작은 영지에 틀어박혀 아예 움직이지 않는다고
해."

"흠……."

"뭐, 골치 아픈 이야기는 밥이라도 한 끼 먹고 머리가 팽팽
돌아가기 시작하면 하자고."

"아, 알겠습니다."

탁!

아르낙스가 아이란의 어깨를 감쌌다.

"자자, 가자구! 이 형님은 너무 배고프니 말이야. 지금 요
동치는 이 하트를 진정시키기 위해선 소 한 마리도 모자랄 지
경이야."

아르낙스에게 끌려가면서도 왠지 불길함을 느끼는 아이
란.

'제국… 이 불길한 느낌은 무엇이지?

아르낙스와는 다른 의미로 요동치는 하트. 아이란은 이 심
장의 요동이 기우이길 바라고 또 바랐다.

*　　　*　　　*

끝없이 이어진 인의 줄. 저마다 각자의 병기를 허리춤에 꽂
거나 손에 들고 있는 그 모습이 그들의 정체를 가르쳐 주었다.

병사.

전쟁을 수행하는 권력자의 손발.

이미 한 차례 전투를 치렀는지 피와 먼지가 엉켜 굳은 것이 이곳저곳 붙어 있었다.

"후훗."

그들의 선두.

잡티 하나 없는 새하얀 백마를 탄 남자가 미소를 지었다.

"음? 왜 그러십니까, 대공?"

대공.

사람들이 남자를 향해 물었다. 그에 대공은 빙긋 웃었다.

"왜 웃는 것 같나?"

"잘… 모르겠습니다."

"후후!"

대공이 미소를 지으며 입을 열려는 그때,

두두두두두!

한 떼의 기마가 저 앞에서 이쪽을 향해 달려오고 있었다.

대공 측에서도 기마들이 출발해 그들의 앞을 막았다. 잠시 후 저들을 맞이하러 간 이들 중 하나가 돌아와 보고했다.

"대공, 맥나타니아의 가일 공작으로부터 전령이……!"

가일 공작.

그는 맥나타니아 왕국 제일의 권력자로서, 현재 맥나타니아 군의 총사령관으로 대공과 격전 중이었다.

"데려오도록."

"예!"

잠시 후, 맥나타니아의 전령이 대공에게 인사를 올렸다.

"만나 뵙게 되어 영광입니다, 대공 각하. 에밀 프로반이라고 합니다."

"프로반 경이로군. 나 역시 만나서 반갑네. 울펜 호엔촐레른일세. 가일 공작 휘하의 장래가 유망한 기사라지? 내가 있는 호엔촐레른까지 소문이 들려오더군."

"과분하신 칭찬이십니다."

울펜 호엔촐레른.

그 이름을 가지고 대공이라는 직위를 가진 자는 이 발라티아에 오직 한 명뿐.

칼라인 제국의 유일한 대공이자 황권에 가장 가까운 호엔촐레른 대공뿐이었다.

"그래, 프로반 경, 나를 만나고 싶은 이유가 무엇이지?"

"아, 실례했습니다."

에밀 프로반이 품에서 편지 한 장을 꺼내었다. 그것을 옆의 대공을 호위하는 병사에게 넘겨주자 병사는 그것을 대공에게 가져다주었다.

"흐음, 무어라고 적혀 있을까?"

스륵.

피식.

편지를 읽은 대공의 반응이었다.

"프로반 경."

"예."

"그대는 이 편지의 내용을 알고 있는가?"

"모르고 있습니다."

"그래?"

"예."

척.

호엔촐레른 대공이 에밀 프로반에게 편지를 내밀었다.

"읽어보게."

그대의 계책은 신의 경지에 다다랐고 그대의 위엄은 온 대지에 가득하니 이미 이룬 그 공적만으로도 그대는 황제가 되기 부족함이 없소.

서로 싸움은 그대나 나나 서로의 적들에게나 족할 것이니 이만 돌아감이 어떻소?

"어떤가?"

"음……."

"후후, 가일 공작은 고대의 이름 없는 영웅이 되고 싶은 것인가?"

고대의 이름 없는 영웅.

마기스탄의 대륙 통일 전 존재하던 국가의 장군으로 적국
의 침략을 수없이 막아낸 영웅이었다. 그가 치러낸 수없이 많
은 전쟁. 그중의 백미는 어느 전쟁에서 침략해 오는 적의 수
장에게 하나의 편지를 보낸 것이다. 전해 내려오는 편지의 내
용은 수장을 띄워주며 퇴각을 종용하는 글로써 경고가 담겨
있었다. 그러나 적 수장은 편지를 무시하고 공격했는데 영웅
은 자연을 이용하여 공격해 오는 적들을 몰살시켰다.

이 전쟁이 유명해진 것은 몰살도 몰살이지만 침략해 온 국
가의 특별함에 있었다.

침략해 온 국가가 바로 마기스탄. 후일 대륙을 통일한, 그
당시 이미 대륙의 절반 이상 정복한 대제국을 이룬 국가였다.
그러한 마기스탄에게 강력한 일격을 날렸기에 그 일화가 아
직까지 전해내려 오고 있었다.

"왜 말이 없는가?"

"…제가 어찌 공작 각하의 의중을 알겠습니까."

"호오! 그대는 공작의 최측근이 아닌가?"

"…다만, 공작 각하께서 무언가 뜻이 있으셨겠지요. 그리
고 그 뜻은 대공께 향하는 것이니 대공께서 빛나는 지혜로 잘
판단하시리라 저는 생각합니다."

"그렇군."

대공이 고개를 끄덕였다.

"그렇다면 내 대답을 전해주어야겠지, 에밀 프로반 경?"

"예."

"가서 가일 공작에게 전하라. 날개를 조심하라고 말이야."

"날개… 말씀이십니까?"

"그래, 날개."

대체 무슨 뜻이 담겨 있는 것일까?

에밀 프로반의 얼굴엔 이러한 마음이 고스란히 나타나 있었다.

"깊게 생각하지 않아도 되네. 그냥 단순하게 그 말만 전하면 된다네."

"예, 알겠습니다."

"그럼 가보도록 하게. 만나게 되어 즐거웠네."

"저 역시 대공 각하를 뵌 것, 일생의 영광이었습니다."

에밀 프로반이 떠나갔다.

"후후, 내 분명 경고했다네, 가일 공작."

대공의 웃음소리. 그것은 혈향의 섬뜩함을 담고 있었다.

*　　　*　　　*

보름 후.

맥나타니아와 칼라인 사이에 평화협정이 체결되었다.

평화협정의 자리.

제국 측에선 호엔촐레른 대공이 자리했으나 왕국 측에선 새로운 인물이 나와 있었다.

"처음 뵙겠습니다, 호엔촐레른 대공. 알드먼 후작이라고 합니다."

"오! 알드먼 후작. 새로이 총사령관에 오른 그대의 결단, 세상은 그대의 결단을 높게 평가할 것이오."

알드먼 후작.

그는 맥나타니아의 총사령관에 오른 자로서 전임자 가일 공작의 정적이던 자다.

보름 전.

그는 전임자인 가일 공작에게 맥나타니아를 시산혈해로 만든 국가에 대한 반역의 죄를 물어 기습, 그 목을 베고 스스로 총사령관의 자리에 올랐다.

그 후 그는 제국과의 전폭적인 화해를 주장하고 평화협정을 추진했다.

가일 공작에게 억압당하고 있던 왕과 귀족들은 그 무서운 가일 공작을 처리한 알드먼 후작에게 밀려 평화협정을 지지할 수밖에 없었다.

때마침 제국 역시 호엔촐레른 대공이 평화협정을 추진해 양국 총사령관의 뜻에 의해 협정의 자리가 마련되었다.

실무진을 대동한 협상이 진행된 후, 최종 결정의 순간이 다가왔다. 그에 두 수뇌는 자신들끼리의 최후 협상을 가졌다.

휘하의 이들은 모두 밖으로 나가 대기하고 대공과 후작만이 자리에 남았다.

"국경선은 이번 전쟁 전으로 하시지요."

"그럴 순 없습니다. 그 땅을 차지하기 위해 무수히 많은 청년이 피를 흘렸습니다. 그 희생을 헛된 것으로 만들 순 없습니다."

"저희 맥나타니아의 청년 역시 많이 희생되었습니다."

언뜻 들어보면 양측의 이익을 위해 치열한 설전을 벌이고 있는 것으로 보인다. 그러나 다른 이들이 이 모습을 보면 깜짝 놀랄 것이다.

호엔촐레른 대공 앞, 알드먼 후작이 무릎을 꿇고 있었다.

"제국으로선 절대 양보할 수 없습니다. 오히려 제국이 차지할 것이 확실시되는 엘스웰 지방까지 제국에 넘겨야 할 것입니다."

[두 공작의 소식은 도착한 것이 없나?]

신기한 일이다.

대공이 입으로 말하는 것과는 전혀 다른 의미가 알드먼 후작에게 전해지고 있었다. 그러나 알드먼 후작은 전혀 놀란 기색이 아니었다.

"맥나타니아의 입장에선 절대 불가능한 요구입니다."

[예. 그때의 보고 이후로 들어온 소식이 없습니다.]

"허허……."

[그렇군.]

"그렇다면 지금의 국경선을 기준으로 하시는 것이 어떻습니까?"

[두 공작의 소식이 도달하면 지금으로 바로 올리겠습니다.]

"그것은 안 될 일. 좋소, 내 무리한 요구는 하지 않으리다. 엘스웰 지방의 전부는 원하지 않겠소. 딱 절반, 절반을 원하오."

[그렇게 하도록. 사르돈의 일을 조사하러 간 두 공작의 임무는 막중하다. 사소한 것 하나 전부 내게 보고해야 할 것이다.]

겉과 속이 다른 대화는 그 후 한참 동안이나 진행되었고, 저녁 늦게야 평화협정이 체결될 수 있었다.

제국으로선 전쟁의 대가로 엘스웰 지방의 절반을 손에 넣었고, 왕국으로선 피해를 최소화할 수 있었다.

대공의 입장에선 영토를 늘림으로써 황권에 한 발짝 다가선 것이고, 알드먼 후작은 신임 총사령관으로서 피해를 최소화, 그 능력을 보인 것이라 할 수 있었기에 각자 얻을 것은 얻은 것이라 볼 수 있었다.

발라티아 대륙 중부를 피로 물들이던 전쟁이 멎었다.

CHAPTER
10

모든 사람은 이것이든 저것이든 하나를 선택한다. 그리고 그들은 그것에 대하여 책임을 져야만 된다.

　Every one makes a choice one or another. And then must take the consequences.

—토머스 스턴스 엘리엇(Thomas Stearns Eliot)

김이 모락모락 나는 요리를 앞에 두고 두 남자가 심각한 표정을 짓고 있었다. 떠들썩한 주변 공기조차 이들의 주변에선 삭막하게 말라갔다.

"알드먼에게서 재촉이 왔다."

"알고 있네."

"대공께서 궁금해하신다는군."

"나 역시 들었네, 형제여."

브라간사 공작과 슐레스비히 공작이 동시에 한숨을 내쉬었다.

"아직 성과는 미비, 이대로 보고를 올릴 순 없다."

"맞는 말씀."

"속도를 올린다. 보다 적극적으로 우리의 힘을 활용한다. 깃털들을 소집한다."

"깃털들을? 그들은 영지를 운영하고 있지 않은가?"

"맥나타니아와의 전쟁이 끝났다고 한다. 전부는 아니라도 절반 정도는 빠져도 운영엔 문제가 없을 것이다."

"그래도 이곳까지 오는 데 너무 오래 걸리지 않겠나? 제아무리 빨라도 한 달은 걸릴 것 같네만."

"뭐, 그 사이 우리가 놀고 있을 것은 아니니까. 우린 계속 정보를 수집한다."

"후, 피를 말리는 나날이 되겠구만. 고래를 잡을 때만 해도 신나는 모험이 우리를 기다릴 줄 알았네만. 꾸중을 고민해야 하는 처지가 되다니⋯⋯."

슐레스비히 공작이 한숨을 내쉬었다.

"뭐, 그건 그렇고, 밥이나 먹자구. 일도 먹으면서 해야 하는 법이네, 형제여."

슐레스비히 공작이 포크를 들자 브라간사 공작이 고개를 끄덕였다.

"그렇지. 무엇이든 먹으면서 해야 하는 법."

브라간사 공작의 허락이 떨어지자 슐레스비히 공작은 입 안 가득 음식을 집어넣었다.

그들을 아는 이라면 이 모습을 보고 깜짝 놀랄 것이다. 그

누가 그들의 저러한 모습을 보고 깜짝 놀라지 않을 수 있을
까?

제국의 실권을 좌지우지하는 막강한 실세. 오공작의 일원
인 그들이다. 그 긍지 높고 고결한 그들의 이러한 모습을 본
다면 놀라지 않으려야 않을 수가 없었다.

"그러고 보니 말이야."

우물우물.

고기를 씹으며 슐레스비히 공작이 마음에 들지 않는지 브
라간사 공작이 못마땅한 눈초리를 보냈지만 슐레스비히 공작
은 가뿐히 무시하며 이야기를 계속한다.

"이상한 소문을 하나 접했지."

"어떠한 소문이지?"

"사르돈이 실종된… 우물우물……."

"삼키고 말해라."

"알았……."

꿀꺽!

"휴우!"

"말해보도록."

"그 사르돈이 실종된 다음날, 신전에서 그락서스 백작가의
저택에 파견을 나갔다더군. 사유는 치유라고 하던데?"

"치유? 그저 병에 걸려 그것을 위해 부른 것일 수도 있지
않나?"

"아냐, 아냐. 신관 본인은 입을 다물었지만 동행한 견습이 신전에 소문을 퍼뜨렸지. 기사들의 몸이 완전 난장판이었다고 하더군."

단순하다고 하면 단순한 것.

그저 기사들이 훈련을 하다 다친 것일 수도 있었다. 그러나 왠지 여기서 촉이 왔다.

"게다가 그락서스 백작은 훨씬 큰 중상을 입었다고……."

"슐레스비히."

"뭔갈 느꼈나 보군."

"촉이 왔다."

"그렇다면 내가 할 일은 그락서스의 조사인가?"

"아니. 그것은 내가 직접 하도록 하지. 너는 데이비드 왕자에게 접촉해라. 이제까지 주기만 했으니 우리도 받아야지."

"과연 기브 앤 테이크인가?"

"그락서스 백작, 이름이 무엇이었지?"

"아이란. 아이란 그락서스. 중요한 인물의 이름은 기억해 두라고, 형제여."

"아이란……."

낯설지 않다. 필생의 대적의 이름을 듣는 기분이다. 아니, 실제로 그렇게 될지 모른다는 촉이 왔다. 그 감각으로 인해 척추에서 짜릿한 감각이 느껴졌다.

기대된다. 흥분된다. 만나고 싶다.

"그야 전쟁통에 계속 들었으니까."

"……."

그것을 산산이 깨부수는 슐레스비히 공작이었다.

"그락서스 백작을 만나고 싶나?"

"당연히."

"그렇다면 좋겠군. 백작을 이제 곧 만날 수 있을 테니까."

"……?"

"데이비드 일 왕자의 즉위식. 그의 즉위에 공을 세운 백작이다. 그가 참가하지 않을 리가 없지. 분명 참가할 거야."

"그렇군."

그날이 손꼽아 기다려지는 브라간사 공작이었다.

*　　*　　*

뮤톤과의 종전, 승리 그 후. 그리 오래도 아니지만, 짧지도 않은 시간이 흘렀다.

그락서스와의 약조를 끝내고 수도의 저택으로 돌아가 있던 아르낙스는 손님의 방문을 맞아 크게 기뻐했다.

"이야! 동생! 정말 오래간만이야!"

"저 역시 오래간만입니다."

아르낙스는 손님의 손을 부여잡고 위아래로 마구 흔들어댔다. 공작이라는 신분에 맞지 않는 체통 없는 행동일 수 있으나 그만큼 반가운 손님이었다.

"일은 잘 처리하고 온 거야, 아이란?"

"예. 형님의 염려 덕분에 제가 없더라도 괜찮을 정도까진 처리하고 왔습니다."

그렇다.

동생이란 말에서 예상할 수 있듯 그 반가운 손님은 아이란이었다.

뮤톤 백작령의 전후 처리를 어느 정도 일단락 지은 아이란이 수도로 올라온 것이다.

그 이유는 바로 데이비드 왕자의 즉위식 때문.

왕의 즉위식은 극히 예외의 경우를 제외하고선 나라의 모든 귀족이 참석해야 하기에 아이란이 수도에 행차한 것이다.

사실 현재 아이란의 처지는 전후 혼란스러운 상황을 들어 예외의 경우에 속할 수도 있으나 아이란은 일부러 참석했다.

서면만으로는 진행할 수 없는 그락서스와 뮤톤의 합병 과정을 확실히 처리하기 위한 것도 있고, 또한 중앙 정계와 교류를 갖기 위해서였다.

이전의 수도행은 국장과 사르돈 등의 이유로 중앙 정계에는 신경 쓰지 못했다. 그 문제를 이번 수도행에서 다룰 생각이었다.

"자자, 손님을 이리 오래 세워둘 순 없지. 얼른 들어가자구. 동생을 위해 맥나타니아의 최고급 차를 종류별로 무한대로 꺼내놓지. 오늘 호강할 준비만 하라구."

"듣기만 해도 두려워지는군요."

"핫핫! 그렇지?"

팡팡, 아이란의 등을 두드리는 아르낙스. 그로부터 아이란과 아르낙스는 다과와 함께 담소를 나누었다.

이런저런 이야기. 어느 지방의 어디가 관광 명소이고 어떠한 음식이 맛있으니 꼭 같이 관광을 가자부터 시작하여 우리 영지의 누구는 대륙의 미녀와도 견줄 만한 최고의 미녀이네 등, 시시콜콜한 이야기들.

"그건 그렇고, 이제 어떻게 할 거야?"

"어떠한 것을 말씀하시는 것입니까?"

"뮤톤 백작령. 어떻게 처리할 생각이야? 그락서스에 통합할 생각이야, 아니면 연합?"

통합과 연합.

획득한 영지를 처리하는 방식들로 통합은 그락서스 영지에 뮤톤 영지를 합하는 것을 의미한다. 두 개의 영지가 완전히 하나가 되는 것이다.

연합은 그에 반해 뮤톤 영지를 그대로 유지한 채 통치권을 가지는 것을 의미한다. 아이란을 예를 들면 아이란이 그락서스의 백작이면서도 뮤톤의 백작 겸임하게 되는 것이다. 이와 비슷한 개념으론 스케일이 영지 단위를 넘어 국가 단위에 해당하는 동군연합이 있었다.

각각의 방식마다 장점이 있고 단점이 있었다.

"아무래도 연합으로 갈까 합니다."

"음, 뮤톤 백작령이라는 이름을 그대로 유지하며 영지민의 혼란과 막고 기존 행정 체계를 고스란히 이용한다. 그렇지만 이것은 양날의 검인 것을 알고 있지?"

"예. 그락서스로의 흡수가 아닌 뮤톤 백작령이라는 이름이 그대로 남는 만큼 반란 등이 일어나기 쉬워지지요. 후일 제사후 유산 분배 등의 문제도……."

"그것도 그것이지만 수도의 꼰대들이 네게 뮤톤의 백작 위를 넘기지 않을 수도 있지."

히죽 아르낙스가 웃었다.

"뭐, 영지전으로 차지한 데다가 실질적으로 네가 지배하고 있으니 꼰대들에게 살짝 찔러주기만 한다면 그리 반대하진 않을 것이야."

"그것 참 다행이군요."

"후후, 어때? 이 형님이 한번 나서줘? 이 형님이 어흥! 하고

한 번 소리치면 겁쟁이 귀족원 꼰대들은 즉각 네게 뮤톤 백작
위의 인장을 가져다줄…….”

“됐습니다.”

“다시 한 번 생각해 봐. 이 얼마나 재밌는 광경이야?”

“됐습니다.”

“쳇! 아쉽구만.”

아르낙스의 입술이 삐죽 튀어나왔다.

그 모습을 본 아이란이 살짝 미소를 머금으며 찻잔을 입술
에 가져다 댔다.

짝!

“맞아. 갑자기 생각났는데 말이야.”

아르낙스가 손뼉을 치며 말했다.

“요즘 웬 놈들이 너에 대한 것을 캐묻고 다닌다고 하더라
고.”

“저를?”

“그래, 너. 아이란 그락서스 너.”

“흐음…….”

“후후, 너도 드디어 인기인이 되었구만. 자고로 수도의 귀
족 중 그러한 팬이 하나도 없다는 것은 말이 안 되지.”

“저는 수도의 귀족이 아닙니다만?”

“참고로 귀족 중 가장 많은 팬을 거느린 사람이 바로 이몸
이지. 게다가 그 팬의 대다수는 바로 이몸을 사랑하는 레이

디들. 아아, 죄 많은 남자여! 마성의 매력으로 수도의 어여쁜 레이디들을 울려 버리는구나! 아아, 모두 나의 죄로다! 이몸이 이렇게 잘나게 태어난 죄를 대체 어떻게 갚아야 할지……!"

이미 아이란의 말은 안중에도 없고 자기만의 세계에 빠진 아르낙스.

아이란은 조용히 자리에서 일어났다. 그러거나 말거나 아르낙스는 자신에 대한 자책(?)을 계속했다.

"아아, 이러한 죄 많은 남자인 나는 제아무리 용감히 싸우고 전장에서 죽더라도 헤븐가르드에 오르지 못하겠지. 하기야 이몸을 사모하는 레이디들의 눈물이 강을 이루었는데 이몸이 죽는다면 그 강이 바다가 될 것은 당연지사! 아아, 저승의 강이 바다로 넘치게 될 운명을 가진 남자……."

끼이익, 쾅!

방문을 닫고 나온 아이란이었다.

*　　　*　　　*

"저택 앞에 이런 것이 떨어져 있더군요."

아이란이 집무실에서 업무를 처리하고 있을 때, 칼이 편지 하나를 가져다 두었다.

"누가 보낸 것이지?"

"그것은 잘 모르겠습니다."

"흐음……."

아이란은 밀랍의 봉인을 유심히 바라보았다.

한 쌍의 날개가 펼쳐져 있는 모습.

"……."

한 번도 본적이 없는 문양이다. 그러나 익숙하다.

뇌리 속에서 한 조직의 이름이 떠올랐다.

아이란은 조심스레 봉인을 뜯고 편지를 살폈다.

편지의 내용은 간결했다.

사르돈 로드리게즈.

내일 정오, 혼자, 그레이브 힐.

사르돈 로드리게즈라는 이름까지 나왔다.

기억 한편, 잊지 않고 기록해 둔 그 조직이 확실해 보인다.

그레이브 힐은 수도 밖에 위치한 교외의 언덕으로 과거 공동묘지라는 이력을 갖고 있었다. 공동묘지가 언덕이 된 이유는 바로 죽은 자들 때문.

매장된 죽은 자들이 썩은 시체의 몸을 일으켜 산 자를 공격했기에 사람들은 공동묘지 위를 아예 흙을 덮어 언덕으로 만들어 버렸다.

그러한 곳에 내일 정오, 아이란 홀로 오라는 것이다.

'내가 사르돈을 죽인 것을 알아챘나?'

알 수도 있고 모를 수도 있다. 아이란을 떠보기 위한 계책일 수도 있다. 게다가 간다고 해도 문제이다. 어떠한 함정이 기다릴지 알 수도 없다. 그렇다고 가지 않으려 하니, 그럴 수도 없다.

사르돈도 사르돈이거니와, 어디까지 파악했는지 저들에 대한 정보를 얻어야 한다. 게다가 그 조직이 어떻게 나올지 알 수가 없었다. 아이란을 끌어내기 위해 주변인들이나 영지를 공격할 수도 있는 법.

아이란을 비롯한 핵심전력의 거진 절반 정도가 이번 수도행에 동참했다. 남은 절반이 공격당한다면 과연 버텨낼 수 있을까.

생각이 많아진다.

어떠한 선택을 해야 할까.

무엇을 선택해야 최고는 아니더라도 최선의 결과를 얻을 수 있을까?

"백작 각하."

칼이 말을 걸어왔다. 보나마나 목적은 이것일 터.

슥.

아이란이 편지를 건네주자 칼은 재빨리 그 내용을 훑었다.

"난제로군요."

"그렇지."

두 사람은 한참을 고민했다.

"그대의 생각은 어떻지? 내가 어떻게 했으면 좋겠나?"

아이란이 묻자 심각한 표정으로 칼이 답했다.

"제 생각은 백작께서 이 요구에 응하지 않는 것이 제일 좋을 것 같습니다."

"그러나 그렇게 한다면……."

"어디까지나 제일 중요한 것은 백작 각하 본인이십니다. 심한 말로 영지가 박살이 난다고 하더라도 백작 각하께서만 무사하신다면 몇 년, 몇 십 년이 걸리든 복구를 할 수 있습니다. 후계 문제도 불안정한 지금, 제일 중요한 것은 백작 각하 일신의 안전입니다."

칼의 말도 일리가 있었다.

아니, 영지와 가문의 존속 등의 입장에서 봤을 땐 그의 말이 맞다. 그러나 정체 모를 불안감이 가슴을 움켜쥐고 있었다. 꼭 나가야 할 것 같은 기분.

아이란은 고개를 숙여 돌려받은 편지를 노려보았다.

"라고 말하고 싶지만……."

고개를 올려보니 칼이 살짝 미소를 머금고 있었다.

"결국 중요한 것은 백작 각하의 뜻입니다. 언제나 백작 각하께선 원하시는 대로 행하시지 않으셨습니까? 좋은 일도, 나

뽄 일도 백작 각하께서 결정하시고 행하시는 것이지요. 그 문제로 인한 책임은 저를 비롯한 많은 이가 나누어지겠습니다."

칼의 말이 아이란의 가슴에 맞닿았다.

"약속하지."

"어떠한 약속 말이십니까?"

"책임을 질 일이 있으면, 그 누구보다 내가 앞장서 무거운 짐을 지겠다."

엄숙한 다짐의 선언. 그에 담긴 각오를 알기에 칼은 고개를 끄덕였다. 그리고 더 없이 진중한 표정으로 화답했다.

"그렇다면 저희는 부스러기나 치워야겠군요. 무겁다고 엄살 부리셔도 도와드리지 않을 겁니다."

"이런, 실수한 것 같군. 되돌릴 수는 없겠나?"

"이미 늦었습니다, 각하."

"후후."

* * *

슐레스비히 공작과 브라간사 공작.

어제 아이란에게 편지를 보낸 그들은 정오가 되기 전 그레이브 힐에 도착해 있었다.

"그락서스 백작이 올 것이라고 생각하나, 형제여?"

슐레스비히 공작의 물음에 브라간사 공작은 고개를 저었다.

"나는 오지 않을 것 같네만."

"흠, 그럼 내기를 해야겠군. 나는 올 것 같거든."

"어떤 것을 걸 생각이지?"

"맞추는 사람이 그락서스 백작과 먼저 상대하는 것이 어떨까?"

"그와 전투를 치르는 것은 그가 어떠한 인물인지 충분히 알아보고 행하여도 늦지……."

"그다!"

슐레스비히 공작이 브라간사 공작의 말은 끊었다.

두 공작은 눈을 가늘게 뜬 채 수도 쪽을 바라보았다.

저 멀리서 길을 따라 한 사람이 다가오고 있었다. 북방마를 타고 달려오는 그 남자, 틀림없이 아이란이었다. 그가 점점 다가오자 그의 힘이 느껴졌다.

그가 아이란 그락서스가 아니더라도, 이러한 힘을 가진 자가 절대 평범할 리 없다.

우우웅!

전신을 관통하여 흐르는 이 느낌, 이 긴장감. 그리고 친숙함. 그 정체를 알아챈 둘이 경악했다.

"이, 이것은!"

"평범한 오로라가 아니군. 스피릿츄얼 오리진이 맞다……!"

떨리는 두 쌍의 눈. 그들의 두 눈은 한 사람에게서 떨어지질 않았다.

아이란.

아이란 그락서스.

신의 날개 소속도 아니면서 스피릿츄얼 오리진을 익히고 있는 것도 놀라운데, 이러한 수준이라니.

그들은 아이란의 몸에 내재되어 있는 강대한 힘을, 그 근원을 느꼈고, 전율했다.

두 공작과 비교했을 때 거의 뒤떨어지지 않았다.

"참을 수 없군."

휘릭.

브라간사 공작이 창을 집어 들었다.

"어, 어이! 내기는 내가 이겼다고!"

"내기를 한다고 수락한 기억은 없네만."

"그, 그래도!"

"그의 실력을 보고 싶어 참을 수 없어졌다."

"그것은 내가 해도 되잖아! 게다가 무모한 것은 바로 내 몫이라네, 형제여!"

"언제까지 자네의 몫으로 남겨둘 순 없지."

그의 창에서 번뜩이는 기운이 솟아났다.

제피로스의 권능창.

브라간사 공작이 익히고 있는 스피릿 츄얼 오리진이 발휘되었다.

"어디 한번 보도록 하지."

척!

브라간사 공작의 자세가 바뀌었다.

전력을 다한 단 한발의 투척을 위한 자세.

벌려진 두 다리가 굳건히 대지를 밟고, 촘촘히 짜여진 전신의 근육들이 수축되었다. 이 모든 것은 눈을 한 번 깜빡이는 것 보다 더 짧은 순간에 이루어졌다. 그리고 그 다음 동작 역시 찰나의 찰나.

파앙!

슈아아아악!

공기가 터져나가는 소리, 그와 함께 쏘아진 권능의 창.

유성이 되어 빛의 꼬리를 남기는 창의 목표는 단 하나.

아이란 그락서스, 그의 심장이다!

*   *   *

"음?"

어디선가, 힘의 파동이 한차례 느껴졌다.

더없이 익숙한 이 파동. 그 진원지를 향해 아이란은 몸을 돌렸다. 그리고 보았다.

번뜩이는 섬광의 유성을.

그리고 그 유성의 종착지를.

푸욱!

"……."

그의 가슴에 유성이 꽂혔다.

『그락서스의 군주』 6권에 계속…

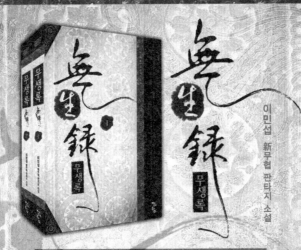

이민섭 新무협 판타지 소설

죽지 못하는 자는 살지 못하는 것과 같다.
그래서 그는 스스로를 무생(無生)이라 부른다.

무생록無生錄

은퇴한 기인들의 마을, 득도촌
그곳에서 가장 기이한 자는…
은거기인들마저 놀라게 하는 한 명의 청년

"오 무엇도 궁금해하지 말 것!"

부엌칼로 태산을 가르고,
곡괭이질로 산을 뚫는 자, 무생!

흘러 들어온 남궁가의 인연으로,
죽지 못해서 살아온 그가
이제 죽기 위해 무림으로 나선다.

살지 못한 자가 비로소 살게 되었을 때
천하가 오롯이 그의 것이 되리라!

Book Publishing CHUNGEORAM

유행이 아닌 자유추구 -
WWW.chungeoram.com

FUSION FANTASTIC STORY
천성민 장편 소설

짐승의 규칙

『무결도왕』 『다크로드 블리츠』
천성민 작가의 신간!

『짐승의 규칙』

살아야만 했다.
나를 위해 희생당한 부모님을 위해.
복수를 위해.

죽여야만 했다.
내가 살기 위해 타인의 목숨을.

그렇게……
나는 짐승이 되었다.

Book Publishing CHUNGEORAM

유행이 아닌 자유추구 -
WWW. chungeoram.com